UNA SERIE DE
CATASTRÓFICAS DESDICHAS

TÍTULOS PUBLICADOS

UNA SERIE DE
CATASTRÓFICAS DESDICHAS

UNA ACADEMIA MUY AUSTERA

QUINTO LIBRO DE LEMONY SNICKET

ILUSTRACIONES DE
BRETT HELQUIST

TRADUCCIÓN DE
VERÓNICA CANALES

montena

❊

Título original: *The Austere Academy*
Diseño de la cubierta: Departamento de diseño
de Random House Mondadori
Directora de arte: Marta Borrell
Diseño: Judith Sendra

Publicado por Editorial Lumen, S. A.,
Travessera de Gràcia, 47-49. 08021 Barcelona

Segunda edición: octubre, 2003
Compuesto en Fotocomposición 2000, S. A.
Impreso en Litografia Rosés, S. A.
Progrés, 54-60. Gavà (Barcelona)
Depósito legal: B. 41.223 - 2003
ISBN: 84-8441-214-8
Printed in Spain

GT 1 2 1 4 8

❊

Para Beatrice.
Siempre estarás en mi corazón,
en mi mente y en tu sepulcro.

Si fuerais a dar una medalla de oro a la persona menos agradable de la tierra, tendríais que dársela a alguien llamado Carmelita Polainas, y si no se la dierais, ella os la quitaría de las manos. Carmelita Polainas era maleducada, violenta y mugrienta, y es una verdadera pena que tenga que describírosla, porque ya hay suficientes cosas desagradables e inquietantes en esta historia para encima tener que mencionar siquiera a una persona tan detestable.

Los huérfanos Baudelaire son, y no la espantosa Carmelita Polainas, gracias al cielo, los héroes de esta historia, y si quisierais dar una medalla de oro a Violet, Klaus y Sunny Baudelaire, sería por su capacidad para sobrevivir a la adversidad. «Adversidad» es una palabra que aquí significa «problema», y hay muy pocas personas en este mundo que hayan sufrido la clase de enojosa adversidad que persigue a estos tres niños adondequiera que vayan. Su problema empezó un día cuando estaban descansando en la playa y recibieron la dolorosa noticia de que sus padres habían muerto en un terrible incendio. Por eso, los enviaron a vivir con un pariente lejano llamado Conde Olaf.

Si tuvierais que dar una medalla de oro al Conde Olaf, tendríais que guardarla bajo llave en algún lugar antes de la ceremonia de entrega, porque el Conde Olaf era un hombre tan codicioso y malvado que intentaría apoderarse de ella de antemano. Los huérfanos Baudelaire no tenían una medalla de oro, pero tenían una enorme fortuna que sus padres les habían dejado, y era esa fortuna lo que el Conde Olaf intentaba arrebatarles. Los tres hermanos sobrevivieron a la convivencia con el Conde Olaf, pero solo a duras penas y, desde entonces, Olaf los había seguido a todas partes, por lo general acompañado por uno o más de sus siniestros y feos compinches. No importaba quién se ocupara de los Baudelaire; el Conde Olaf siempre estaba al acecho, cometiendo actos tan ruines que apenas si puedo enumerarlos: secuestro, asesinato, llamadas pervertidas, suplantación, envenenamiento, hipnosis y una forma de cocinar atroz son solo algunas de las fechorías cometidas por Olaf a las que los huérfanos habían sobrevivido. Peor aún: el Conde Olaf tenía la mala costumbre de evitar que lo atraparan, así que siempre estaba seguro de reaparecer. Es realmente horrible que esto siga sucediendo, pero así es la historia.

Solo os digo que la historia es así porque estáis a punto de relacionaros con la maleducada, violenta y mugrienta Carmelita Polainas, y si no podéis soportar leer algo sobre ella, será mejor que dejéis este libro y leáis otra cosa, porque a partir de aquí se pone peor. Dentro de muy poco tiempo, Violet, Klaus y Sunny Baudelaire sufrirán tantas adversidades que recibir un empujón de Carmelita Polainas será como ir dando un paseo hasta la heladería.

—¡Apartaos de mi camino, zampabollos! —dijo una niñita maleducada, violenta y mugrienta, dando un empujón a los huérfanos Baudelaire mientras pasaba a toda prisa junto a ellos.

Violet, Klaus y Sunny se quedaron demasiado sorprendidos para responder. Estaban en una acera hecha de adoquines, que debía de ser muy antigua porque había un buen montón de oscuro musgo que sobresalía de entre los bloques. Alrededor de la acera había una gran extensión de césped marrón, que daba la impresión de no haber sido regado nunca, y sobre el césped había cientos de niños que correteaban en distintas direcciones. De vez en cuando, alguien resbalaba y caía al suelo, pero se levantaba y seguía corriendo. Parecía algo agotador y sin sentido, dos cosas que deberían evitarse a toda costa, aunque los huérfanos Baudelaire apenas miraban al resto de niños, porque tenían la vista clavada en los adoquines mohosos que tenían bajo sus pies.

La timidez es algo curioso, porque, al igual que las arenas movedizas, se apodera de las personas en cualquier momento y, también como las arenas movedizas, hace que sus víctimas miren hacia abajo. Ese iba a ser el primer día de los Baudelaire en la Academia Preparatoria Prufrock, y los tres hermanos pensaron que sería mejor mirar el moho que cualquier otra cosa.

—¿Se os ha caído algo? —preguntó el señor Poe, tosiendo con un pañuelo blanco en la boca. Una dirección hacia la que sin duda no querían mirar los Baudelaire era hacia el señor Poe, que caminaba pegado a ellos. El señor Poe era un banquero al que habían nombrado responsable de los asuntos de los Baudelaire tras el terrible incendio, lo cual había resultado ser una pésima idea. El señor Poe tenía buenas intenciones, pero un bote de mostaza probablemente también tiene buenas intenciones y lo hubiera hecho mejor a la hora de mantener a los Baudelaire fuera de peligro. Violet, Klaus y Sunny habían aprendido hacía mucho tiempo que lo único seguro con

respecto al señor Poe era que siempre estaba res-
friado.

–No –respondió con timidez Violet–, no se
nos ha caído nada.

Violet, la mayor de los Baudelaire, no acos-
tumbraba a mostrarse tímida. A Violet le gustaba inventar cosas y era frecuente encontrarla
concentrada en su último invento, con el pelo re-
cogido en una cola con un lazo para apartárselo
de los ojos. Cuando sus inventos estaban termi-
nados, los enseñaba a sus conocidos, que quedaban, por lo general, muy impresionados con sus
habilidades. En ese mismo instante, mientras
miraba los adoquines mohosos, pensó en que
podría construir una máquina para evitar que las
aceras se enmohecieran, aunque estaba demasiado nerviosa para hablar del tema. ¿Y si ninguno
de los profesores, los niños ni el personal administrativo mostraban interés por sus inventos?

Como si le hubiera leído el pensamiento,
Klaus puso una mano en el hombro de Violet y
ella le sonrió. Klaus había aprendido en sus doce

años de vida que su hermana mayor consideraba una mano en el hombro un gesto muy reconfortante, siempre que la mano estuviera pegada a un brazo, claro. Normalmente, Klaus también decía algo que la consolara, pero se sentía tan avergonzado como su hermana. La mayoría de las veces podías encontrar a Klaus haciendo lo que más le gustaba, que era leer. Algunas mañanas podías encontrarlo en la cama con las gafas puestas porque se había quedado leyendo hasta tan tarde que estaba demasiado cansado para quitárselas. Klaus bajó la vista hacia la acera y recordó un libro que había leído titulado *Misterios del moho*, pero sentía demasiada timidez para sacar el tema. ¿Y si en la Academia Preparatoria Prufrock no había nada bueno que leer?

Sunny, la menor de los Baudelaire, alzó la vista para mirar a sus hermanos; Violet sonrió y la cogió en brazos. Era algo fácil de hacer, porque Sunny era un bebé y apenas abultaba más que una barra de pan. Sunny también estaba nerviosa para hablar, aunque, cuando hablaba, solía ser difícil entender lo que decía. Por ejemplo, si Sunny no hubiera sentido tanta timidez, podría haber abierto la boca, dejando al descubierto sus cuatro dientes puntiagudos, y decir: ¡*Marimo!*, que podría haber significado: «Espero que haya muchas cosas para roer en la escuela, ¡porque roer cosas es una de mis actividades favoritas!».

—Ya sé por qué estáis todos tan callados —dijo el señor Poe—. Es porque estáis muy emocionados, y no me extraña. Yo siempre quise ir a un internado de pequeño, pero nunca tuve la oportunidad. Si os digo la verdad, estoy un poco celosillo de vosotros.

Los Baudelaire intercambiaron miradas. El hecho de que la Academia Preparatoria Prufrock fuera un internado era la parte que los ponía más nerviosos. Si no había nadie interesado en los inventos, o no había nada que leer, o si morder cosas estaba prohibido, podía ser una tortura, y no solo durante el día, sino también durante la noche. Los hermanos desearon que, ya que el señor Poe estaba celoso de ellos, fuera él quien acudiera a la Academia Preparatoria Prufrock y ellos los que trabajaran en el banco.

—Tenéis mucha suerte de estar aquí —prosiguió el señor Poe—. He tenido que llamar a más de cuatro escuelas antes de encontrar una que os aceptara a los tres con tan poca antelación. La Prufrock —así la llamaban, era una especie de mote— es una academia muy buena. Todos los profesores tienen titulación superior. Las habitaciones están muy bien equipadas. Y, lo más importante de todo, hay un moderno sistema informático que mantendrá al Conde Olaf alejado de vosotros. El subdirector Nerón me ha dicho que han introducido en el ordenador una descripción completa del Conde Olaf, con todos los detalles, desde su única y larga ceja hasta el ojo tatuado en su tobillo izquierdo, así que los tres estaréis seguros aquí durante muchos años.

—Pero ¿cómo va un ordenador a mantener alejado al Conde Olaf? —preguntó Violet con tono desconcertado mientras seguía mirando al suelo.

—Se trata de un ordenador *moderno* —contestó

el señor Poe, como si «moderno» fuera una explicación adecuada y no solo una palabra que significara «haber alcanzado la modernidad»−. Borrad de vuestras cabecitas al Conde Olaf. El subdirector Nerón me ha prometido que no os quitará ojo. Al fin y al cabo, una escuela tan moderna como la Prufrock no permitiría que la gente anduviera por ahí como Pedro por su casa.

−¡Apartaos, zampabollos! −dijo la niñita maleducada, violenta y mugrienta al volver a pasar por delante de ellos.

−¿Qué significa «zampabollos»? −murmuró Violet a Klaus, quien poseía un amplio vocabulario gracias a sus lecturas.

−No lo sé −admitió Klaus−, pero no parece nada bueno.

−Es una palabra encantadora −comentó el señor Poe−. Zampabollos. No sé qué significa, pero me recuerda un pastel. Oh, bueno, ya hemos llegado. −Habían llegado al final de la mohosa acera de adoquines y se encontraban enfrente de la escuela. Los Baudelaire alzaron la vista para mirar su nuevo hogar y soltaron un grito ahogado de sorpresa. Si no hubieran estado mirando al suelo durante todo el recorrido por el césped, habrían visto el aspecto de la academia, aunque tal vez fue mejor haber retrasado esa visión todo lo posible. La persona encargada de diseñar edificios se llama arquitecto, pero en el caso de la Prufrock el término más apropiado sería «arquitecto deprimido». La escuela estaba compuesta de un conjunto de muchos edificios, todos construidos con piedra lisa de color gris y agrupados en una especie de línea desordenada. Para llegar hasta allí, los Baudelaire tuvieron que pasar por debajo de un inmenso arco de piedra que proyectaba una sombra curvilínea sobre el césped, como un arco iris en el que todos los colores fueran grises o negros. En el arco estaban pintadas las palabras «ACADEMIA PREPARATORIA PRUFROCK» con enormes letras negras, y debajo, con letras más pequeñas, el lema de la escuela: «*Memento Mori*». Pero no fueron ni los edificios ni el arco lo que hizo que los niños soltaran un grito ahogado: fue la forma de las construcciones, rectangular pero con un tejado redondeado. Un rectángulo con una parte superior redondeada es una forma extraña, y a los huérfanos solo se les ocurrió una cosa que tuviera aquel aspecto. Para ellos, todos los edificios eran igualitos a una lápida.

—Una arquitectura bastante curiosa —dijo el señor Poe—. Todos los edificios parecen tumbas. En cualquier caso, tenéis que presentaros en el despacho del subdirector Nerón de inmediato. Está en la planta novena del edificio principal.

—¿No va a acompañarnos, señor Poe? —preguntó Violet. Violet tenía catorce años y sabía que esa edad era suficiente para ir al despacho de quien fuera sola, pero entrar en un edificio de aspecto tan siniestro sin un adulto cerca la ponía nerviosa.

El señor Poe tosió con el pañuelo en la boca y miró el reloj de pulsera al mismo tiempo.

—Me temo que no —contestó cuando se le hubo pasado el acceso de tos—. Ya ha empezado la jornada en el banco. Pero ya he tratado cualquier pormenor con el subdirector Nerón. Si hubiera algún problema, recordad que siempre podéis poneros en contacto conmigo o con cualquiera de mis socios de la Administración de Cuenta de Monedas. Ahora marchaos. Que lo paséis de maravilla en la Prufrock.

—Estoy segura de que así será —dijo Violet mientras, tratando de parecer más fuerte de lo que era, estrechaba la mano al banquero—. Gracias por todo, señor Poe.

—Sí, gracias —añadió Klaus mientras le estrechaba la mano al banquero.

—*Grikin* —dijo Sunny, que era su forma de decir «Gracias».

—No hay de qué —respondió el señor Poe—. Adiós. —Sacudió la cabeza, mirando a los tres hermanos, y Sunny observó cómo regresaba por la mohosa acera sorteando a los niños que corrían a su lado. Pero Klaus no lo miró; estaba contemplando el enorme arco que se cernía sobre la academia.

–Puede que no sepa qué significa «zampabollos» –dijo Klaus–, pero creo que puedo traducir
el lema de nuestra nueva escuela.

–Ni siquiera parece escrito en nuestro idioma
–comentó Violet mientras le echaba un vistazo.

–*Racho* –admitió Sunny.

–No está en nuestro idioma –confirmó Klaus–.
Está en latín. Por algún motivo, muchos lemas
están escritos en latín. No sé mucho latín, pero
recuerdo haber leído esta frase en un libro sobre
la Edad Media. Si significa lo que creo, se trata
sin duda de un lema extraño.

–¿Qué crees que significa? –preguntó Violet.

–Si no me equivoco –prosiguió Klaus, que
rara vez se equivocaba–, *Memento Mori* significa
«Recuerda que morirás».

–Recuerda que morirás –repitió Violet lenta-
mente, y los tres hermanos se apretaron el uno
contra el otro, como si tuvieran mucho, muchísimo frío.

Todo el mundo morirá, claro, tarde o temprano. Los acróbatas circenses morirán y los gran-

des intérpretes de clarinete morirán y vosotros moriréis, hasta yo, y puede que haya una persona que viva en tu manzana, que, justo ahora, no mire a ambos lados de la calle antes de cruzar y muera en unos segundos, y todo por culpa de un autobús. Todos moriremos, pero a muy pocas personas les gusta que se lo recuerden. Sin duda, a los niños no les gustó que les recordasen que morirían, sobre todo cuando pasaban por debajo del arco que se levantaba sobre la Prufrock. Los huérfanos Baudelaire no necesitaban que les recordasen eso en su primer día en el cementerio gigante que se había convertido en su hogar.

Dos

Cuando los Baudelaire se encontraron delante
de la puerta del subdirector Nerón recordaron
algo que su padre les había enseñado justo
unos meses antes de morir. Una noche,
los padres de los Baudelaire habían
salido para ir a un concierto de
música clásica y los tres niños se
habían quedado solos en la
mansión familiar. Los Baudelaire practicaban una especie de rutina por las noches.
Primero, Violet y Klaus ju-
gaban un par de partidas de
ajedrez mientras Sunny ha-

cía trizas unos cuantos periódicos atrasados. A continuación, los tres niños leían en la biblioteca hasta que se quedaban dormidos en el sofá. Cuando sus padres llegaban a casa, hablaban con ellos durante un rato sobre cómo había ido la velada y los acostaban. Sin embargo, esa noche en particular, los padres de los Baudelaire llegaron a casa temprano y los niños todavía estaban leyendo o, en el caso de Sunny, mirando las fotos. El padre se quedó de pie en la puerta de la biblioteca y dijo algo que ellos jamás olvidarían: «Niños, no hay un sonido peor en el mundo que el de alguien que no sabe tocar el violín pero que insiste en hacerlo de todas formas».

En aquel momento, los hermanos se habían limitado a soltar unas risitas pero, al escuchar el ruido que salía del despacho del subdirector, se dieron cuenta de que su padre tenía toda la razón. Cuando se acercaron por primera vez a la gruesa puerta de madera, oyeron un ruido similar al producido por un animal pequeño en pleno ataque de nervios. Sin embargo, cuando lo escucharon más de cerca, se dieron cuenta de que se trataba de alguien que no sabía tocar el violín, pero que insistía en hacerlo de todas formas. Se oían chillidos, silbidos, chirridos, quejidos y otros horribles sonidos, cuya descripción es imposible. Al final, Violet no pudo aguantarlo más y llamó a la puerta. Tuvo que golpear con fuerza y durante largo rato para que la oyeran pese al atroz recital de violín del interior, aunque, finalmente, la puerta de madera se abrió con un crujido y apareció un hombre alto con un violín bajo la barbilla y mirada de enfado.

—¿Quién se atreve a interrumpir a un genio durante su ensayo? —preguntó con una voz tan alta y atronadora que bastaba para que todos volvieran a sentirse avergonzados.

—Los Baudelaire —contestó Klaus con lentitud, mirando al suelo—. El señor Poe nos ha dicho que nos presentemos de inmediato en el despacho del subdirector Nerón.

—*El señor Poe nos ha dicho que nos presentemos de inmediato en el despacho del subdirector Nerón* —repitió el hombre con sorna y una voz aguda y chillona–. Está bien, entrad, entrad, no dispongo de toda la tarde.

Los niños entraron en el despacho y miraron con detenimiento al hombre que se había burlado de ellos. Iba vestido con un traje marrón arrugado que tenía algo pegajoso en la chaqueta, y llevaba una corbata decorada con dibujos de caracoles. Tenía la nariz muy pequeña y muy roja, como si alguien le hubiera plantado un tomate en miniatura en mitad de una cara llena de manchas. Estaba casi completamente calvo, aunque le quedaban cuatro mechones de pelo, que se había peinado con trencitas sujetas con viejas gomas. Los Baudelaire jamás habían visto a nadie como él y no tenían ningún interés en particular en seguir mirándole, pero su despacho era tan pequeño y estaba tan vacío que era difícil mirar a otro lado. Había una pequeña mesa metálica con una pequeña silla detrás y una pequeña lámpara metálica a un lado. En el despacho había una ventana cubierta con unas cortinas del mismo estampado que el de la corbata de aquel hombre. El otro objeto que ocupaba la habitación era un reluciente ordenador, que se encontraba en un rincón del cuarto y parecía un sapo. El ordenador tenía una pantalla en blanco de color gris y un montón de botones tan rojos como la nariz del hombre de las trencitas.

—Señoras y señores —anunció el señor en voz alta—, ¡el subdirector Nerón!

Se produjo un silencio y los tres niños miraron a su alrededor en la diminuta habitación mientras se preguntaban dónde se habría escondido Nerón durante todo ese tiempo. Luego volvieron a mirar al hombre de las trenzas, que tenía ambas manos levantadas con el violín y el arco a punto de tocar el techo, y se dieron cuenta de que el hombre al que acababa de presentar con tanta exageración era él mismo. Nerón hizo una breve pausa y bajó la vista para mirar a los Baudelaire.

—Es costumbre —dijo con severidad— aplaudir cuando se presenta a un genio.

Solo porque algo sea costumbre no quiere decir que haya que hacerlo, claro está. La piratería, por ejemplo, se ha practicado durante cientos de años, aunque eso no significa que debamos abordar todos los barcos y robarles el oro. Pero el subdirector Nerón los miraba con tanta fiereza que los niños sintieron que había llegado la hora de hacer honor a la tradición, así que empezaron a aplaudir y no pararon hasta que Nerón hubo hecho varias reverencias y se hubo sentado en su silla.

—Muchísimas gracias y bienvenidos a la Academia Preparatoria Prufrock, bla, bla, bla —dijo, utilizando la palabra «bla» para expresar que estaba demasiado aburrido para finalizar la frase como correspondía—. Sin duda alguna le estoy haciendo un favor al señor Poe al aceptar a tres huérfanos con tan poca antelación. Me ha asegurado que no daríais ningún problema, pero yo he hecho un par de averiguaciones por mi cuenta. Habéis pasado de un tutor legal a otro y la adversidad os sigue adondequiera que vais. «Adversidad» quiere decir «problema», por cierto.

—En nuestro caso —comentó Klaus, sin indicar que él ya conocía el significado de la palabra «adversidad»—, «adversidad» significa «Conde Olaf». Él ha sido la causa de todos los problemas con nuestros tutores.

—*Él ha sido la causa de todos los problemas con nuestros tutores* —repitió Nerón de esa manera odiosa y burlona—. Sinceramente, no me interesan vuestros problemas. Soy un genio y no tengo tiempo para otra cosa que no sea tocar el violín. Ya es bastante deprimente haber tenido que aceptar este trabajo de subdirector porque ni una sola orquesta valora mi genialidad. No pienso deprimirme más escuchando los problemas de tres mocosos. Bueno, aquí en la Prufrock no podréis echarle la culpa al Conde Olaf de vuestras debilidades. Mirad esto.

El subdirector Nerón se dirigió hacia el ordenador y empezó a apretar sin parar dos botones. La pantalla se encendió con una luz verde, como si el aparato estuviera mareado.

—Este es un ordenador moderno —dijo Nerón–. El señor Poe me ha dado toda la información necesaria sobre el hombre al que llamáis Conde Olaf y yo la he introducido en el ordenador. ¿Lo veis? –Nerón apretó otro botón y apareció una pequeña foto del Conde Olaf en la pantalla–. Ahora que el moderno sistema informático sabe de su existencia, no tenéis que preocuparos.

–Pero ¿cómo puede un ordenador mantener alejado al Conde Olaf? –preguntó Klaus–. Podría presentarse y causarnos problemas sin importar lo que salga en la pantalla de un ordenador.

–No debería haberme molestado en explicaros esto –respondió el subdirector Nerón–. No hay forma de que personas incultas como vosotros entiendan a un genio como yo. Bueno, la Prufrock se encargará de arreglar eso. Aquí recibiréis una educación, aunque tengamos que romperos los brazos para conseguirlo. Y hablando de eso, será mejor que os enseñe una cosa. Acercaos a la ventana.

Los huérfanos Baudelaire se dirigieron hacia la ventana y miraron hacia abajo, hacia el césped marrón. Desde el noveno piso, los niños que correteaban por ahí parecían hormiguitas y la acera parecía un lazo que alguien hubiera tirado al suelo. Nerón se quedó de pie justo detrás de los hermanos mientras iba señalando las cosas con su violín.

–Bien, este edificio en el que estáis es el edificio administrativo. Está completamente fuera de los límites permitidos a los estudiantes. Hoy es vuestro primer día, así que os perdono, pero si vuelvo a veros por aquí otra vez, se os prohibirá usar cubiertos en las comidas. En ese edificio gris de allí están las clases. Violet, tú serás alumna del señor Rémora en el Aula Uno, y Klaus, tú serás alumno de la señora Bass en el Aula Dos. ¿Os acordaréis, Aula Uno y Aula Dos? Si creéis que no podréis acordaros, tengo un rotulador y os escribiré «Aula Uno» y «Aula Dos» en las manos con tinta indeleble.

–Nos acordaremos –dijo Violet con rapidez–. Pero ¿en qué aula está Sunny?

El subdirector Nerón se levantó cuan alto era, que en su caso era un metro ochenta.

—La Academia Preparatoria Prufrock es una escuela seria, no una guardería. Le he dicho al señor Poe que aquí había sitio para el bebé, pero que no habría clases para ella. Sunny será mi secretaria.

—¿*Areg*? —preguntó Sunny con incredulidad. «Incredulidad» es una palabra que aquí significa «ser incapaz de creerlo», y «*Areg*» es una expresión que aquí significa «¿Qué? No puedo creerlo».

—Pero ¡si Sunny es un bebé! —exclamó Klaus—. Se supone que los bebés no trabajan.

—*Se supone que los bebés no trabajan* —volvió a mofarse Nerón, y después prosiguió—: Bueno, también se supone que no hay bebés en los internados. A un bebé no puede enseñársele nada, así que trabajará para mí. Lo único que tiene que hacer es contestar el teléfono y encargarse del papeleo. No es muy difícil y es un honor trabajar para un genio, claro. Bien, si vosotros llegáis tarde a clase o si Sunny llega tarde al trabajo os atarán las manos a la espalda durante las comidas. Tendréis que inclinaros hacia delante y comer como los perros. Por supuesto, a Sunny siempre se le quitarán los cubiertos, porque trabajará en el edificio administrativo, donde tiene prohibida la entrada.

—¡Eso es injusto! —gritó Violet.

—*¡Eso es injusto!* —la escarneció Nerón—. En el edificio de piedra de allí está la cafetería. Las comidas se sirven puntualmente a la hora del desayuno, la comida y la cena. Si llegáis tarde, os quitaremos las tazas y los vasos, y se os servirán las bebidas en grandes charcos. Ese edificio rectangular de allí con la parte superior circular es el auditorio. Todas las noches doy un recital de violín de seis horas y la asistencia es obligatoria. La palabra «obligatoria» significa que si no asistís tendréis que comprarme una gran bolsa de caramelos y mirarme mientras me los como. El patio hace las veces de instalación deportiva. Nuestra profesora de gimnasia de siempre, la señorita Tench, se cayó por accidente por una ventana del tercer piso hace unos días, pero tenemos un sustituto hasta su regreso. Les he ordenado a los niños que corran por ahí lo más rápidamente posible durante la hora de gimnasia. Me parece que con eso se ejercitan lo suficiente. ¿Alguna pregunta?

«¿Puede haber algo peor que esto?», era la pregunta que tenía Sunny, pero era demasiado educada para hacerla. «Todos esos crueles castigos y normas serán una broma, ¿no?», era la pregunta en la que Klaus estaba pensando, pero ya sabía que la respuesta era que no. Solo Violet pensó en una pregunta que parecía útil.

—Tengo una pregunta, subdirector Nerón —respondió—. ¿Dónde viviremos?

La respuesta de Nerón era tan predecible que los huérfanos Baudelaire podrían haberla contestado a coro con el miserable administrador.

—*¿Dónde viviremos?* —dijo Nerón con su voz aguda y burlona; pero cuando acabó de mofarse de los niños decidió responderles—. Tenemos una magnífica residencia de estudiantes aquí en la Prufrock —respondió—. No os lo podéis perder. Es un edificio gris, construido con piedra y con la forma de un gran dedo gordo del pie. En su interior hay un gran comedor con una chimenea de ladrillo, una sala de juegos y una enorme biblioteca. Todos los estudiantes tienen su propia habitación, con un cuenco de fruta fresca que se coloca allí todos los miércoles. Parece agradable, ¿verdad?

—Sí que parece agradable —admitió Klaus.

—¡*Kib!* —chilló Sunny, que significaba algo así como «¡Me gusta la fruta!».

—Me alegro de que lo creas así —respondió Nerón—, aunque no llegaréis a ver gran cosa de ese lugar. Para vivir en la residencia de estudiantes necesitáis una hoja de permiso firmada por vuestros padres o por un tutor. Vuestros padres están muertos y el señor Poe me ha dicho que vuestros tutores o han sido asesinados, u os han dado puerta.

—Pero seguro que el señor Poe puede firmar nuestra hoja de permiso —dijo Violet.

—Seguro que no puede —replicó Nerón—. No es ni vuestro padre ni vuestro tutor. Es un banquero que se ocupa de vuestros asuntos.

—Pero eso es más o menos lo mismo —protestó Klaus.

—*Eso es más o menos lo mismo* —repitió Nerón—. Puede que cuando llevéis un par de semestres en la Prufrock, hayáis aprendido la diferencia entre un padre y un banquero. No, me temo que tendréis que vivir en una pequeña casucha hecha de latón. En su interior no hay comedor, ni sala de juegos, ni biblioteca que valga. Cada uno de vosotros tendrá su propia bala de paja donde dormir, pero nada de fruta. Es un lugar deprimente, pero el señor Poe me ha dicho que ya habéis tenido unas cuantas experiencias incómodas, así que imagino que estaréis acostumbrados a cosas así.

—Por favor, ¿podría hacer una excepción? —preguntó Violet.

—¡Soy violinista! —gritó Nerón—. ¡No tengo tiempo para hacer excepciones! Estoy demasiado ocupado practicando con el violín. Así que sed amables y salid de mi despacho para que pueda volver a trabajar.

Klaus abrió la boca para decir algo más, pero cuando miró a Nerón supo que no valía la pena decir ni una palabra a un hombre tan testarudo y siguió con pesar los pasos de sus hermanas mientras salían del despacho. Sin embargo, cuando la puerta se cerró tras ellos, el subdirector Nerón dijo una palabra más y la dijo tres veces. Los tres niños escucharon esas tres palabras y tuvieron la certeza de que no sentía piedad por los niños. Puesto que, en cuanto los Baudelaire salieron del despacho y Nerón creyó que estaba solo, dijo para sí: «Ji, ji, ji».

Bueno, el subdirector de la Academia Preparatoria Prufrock no pronunció en realidad las sílabas «ji, ji, ji», claro. Siempre que veáis en un libro las palabras «ji, ji, ji» o «ja, ja, ja» o «juá, juá, juá» o «je, je, je» o incluso «jo, jo, jo», esas palabras significan que alguien se está riendo. En este caso, sin embargo, las palabras «ji, ji, ji» no pueden describir el sonido de la risa del subdirector Nerón. Su risa era de pito y espasmódica y producía una especie de chirrido, como si Nerón estuviera comiendo latas mientras se reía de los niños. Pero, por encima de todo, la risa sonaba cruel. Siempre es cruel reírse de los demás, por supuesto, aunque algunas veces, si alguien lleva un sombrero ridículo, es difícil controlarse. Los Baudelaire eran niños pequeños que habían recibido malas noticias y si de verdad Nerón quería reírse de ellos, debería haberse controlado hasta que los hermanos se hubieran ido y no pudieran oírle. Sin embargo, Nerón no quiso controlarse, y cuando los huérfanos Baudelaire escucharon la risa, se dieron cuenta de que lo que les había dicho su padre cuando llegó a casa tras la sinfonía no era cierto. Había un sonido peor que el de alguien que no sabía tocar el violín y que insistía en hacerlo de todas formas. El sonido que producía la risa de pito, espasmódica, brusca, estridente y cruel de un administrador que se reía de unos niños que tenían que vivir en una casucha era mucho, muchísimo peor. Así que, mientras yo me oculto aquí en esta cabaña de montaña y escribo las palabras «ji, ji, ji», y vosotros, dondequiera que os ocultéis, leéis las palabras «ji, ji, ji», deberíais saber que «ji, ji, ji» es el peor sonido que los Baudelaire habían oído jamás.

La expresión «Hacer una montaña de un grano de arena» significa simplemente armar mucho jaleo por algo que en realidad no tiene gran importancia, y es fácil saber de dónde viene esta expresión. Los granos de arena no son más que piedrecillas pequeñas que llenan, por ejemplo, las playas, y jamás le han hecho daño a nadie a menos que se os hayan metido entre los dedos cuando vais por ahí caminando descalzos. Sin embargo, las montañas son montículos muy grandes de tierra y están causando problemas cons-

tantemente. Son muy altas y cuando la gente intenta escalarlas a menudo se caen o se pierden o mueren de hambre. Algunas veces, dos países luchan por saber de quién es una montaña y miles de personas tienen que ir a la guerra y volver a casa tristes y malheridas. Y, por supuesto, las montañas son las casas de las cabras y gatos monteses, que disfrutan atacando a la gente indefensa que va de merienda y comiéndose sus sándwiches y a sus niños. Así que cuando alguien hace una montaña de un grano de arena, supone que algo es tan horrible como una guerra o como una merienda campestre echada a perder, cuando en realidad no es más horrible que un pie lleno de arena entre los dedos.

Sin embargo, cuando los huérfanos Baudelaire llegaron a la casucha donde iban a vivir, se dieron cuenta de que el subdirector Nerón no había hecho una montaña de un grano de arena al decir que la casucha era un lugar deprimente. En cualquier caso, había hecho un grano de arena de una montaña. Era cierto que la casucha era diminuta, como había dicho Nerón, y de latón, y era verdad que no tenía comedor, ni sala de juegos ni biblioteca. Era cierto que había tres balas de paja en lugar de camas y no había fruta fresca a la vista. Pero el subdirector Nerón se había olvidado de un par de detalles en la descripción y eran esos detalles los que convertían a la casucha en un lugar incluso peor. El primer detalle del que se dieron cuenta los Baudelaire era que la casucha estaba infestada de pequeños cangrejos, todos del tamaño de una caja de cerillas, que correteaban por el suelo de madera, haciendo chocar sus pequeñas pinzas en el aire. Cuando los niños cruzaron la casucha para sentarse apesadumbrados sobre las balas de paja, les entristeció saber que los cangrejos eran territoriales, una palabra que aquí significa que estaban «molestos de ver a niños pequeños viviendo en sus dependencias». Los cangrejos se reunieron en torno a los niños y empezaron a entrechocar sus pinzas para atacarlos. Por suerte, los cangrejos no tenían muy buena puntería y, por suerte, sus pinzas eran tan pequeñas que seguramente no harían más daño que un buen pellizco, pero aunque fueran inofensivos no encajaban muy bien en una casucha.

Cuando los niños llegaron a las balas de paja, se sentaron y doblaron las piernas para colocarse encima y así evitar a los ruidosos cangrejos, miraron al techo y vieron otro detalle que Nerón se había reservado. Una especie de hongo crecía en el techo, un hongo que era de color marrón claro y bastante húmedo. Cada pocos segundos, pequeñas gotas de moho caían desde el hongo haciendo *¡plop!* y los niños tenían que agacharse para evitar que les cayera encima el líquido del hongo marrón claro. Al igual que los pequeños cangrejos, el hongo que goteaba no parecía muy dañino, pero, también al igual que los pequeños cangrejos, el hongo convertía la casucha en un lugar incluso más incómodo de lo que había descrito el subdirector.

Y, por último, cuando los niños se sentaron en las balas de paja con las piernas dobladas bajo el cuerpo y se agacharon para evitar el líquido del hongo, vieron otro detalle inofensivo aunque de-

sagradable que Nerón había dejado que descu-
brieran por sí mismos: el color de las paredes.
Cada una de las paredes de latón era de un color
verde chillón, salpicado de diminutos corazonci-
tos de color rosa aquí y allá, como si la casucha
fuera una enorme y cursi tarjeta de San Valentín
en lugar de un sitio donde vivir. Los Baudelaire
se dieron cuenta de que preferían mirar las balas
de paja o los pequeños cangrejos del suelo o incluso el hongo marrón claro del techo antes que
las horribles paredes.

Por encima de todo, la casucha era demasiado miserable para ser utilizada como almacén
de peladuras de plátano; ni que decir tiene para
ser utilizada como vivienda de tres niños pequeños. Confieso que si me hubieran dicho que
esa tenía que ser mi casa, seguramente me habría acostado sobre las balas de paja y habría tenido un berrinche. Sin embargo, los Baudelaire
habían aprendido hacía mucho tiempo que los
berrinches muy rara vez solucionan los problemas que los provocan. Así que, tras un largo y

miserable silencio, los huérfanos intentaron con-
templar su situación desde un punto de vista más
positivo.

—Esta no es una habitación muy bonita —dijo
Violet al final—, pero, si me pongo a pensar, apuesto a que puedo inventar algo que mantenga a los
cangrejos alejados de nosotros.

—Y yo leeré algo sobre ese hongo marrón claro
—comentó Klaus—. A lo mejor en la biblioteca de
la residencia de los estudiantes hay información
sobre cómo evitar que gotee.

—*Iomuer* —dijo Sunny, que significaba algo así
como «Apuesto a que puedo usar mis afilados
dientes para sacar esta pintura, raspándola, y hacer que las paredes sean un poco menos feas».

Klaus le dio a su hermana pequeña un besito
en la coronilla.

—Por lo menos podremos ir a la escuela —comentó—. He echado de menos estar en un aula
de verdad.

—Yo también —admitió Violet—. Y por lo menos conoceremos a personas de nuestra edad.

Hace mucho tiempo que solo hemos estado en compañía de adultos.

—*Uonic* —añadió Sunny, lo que probablemente significaba «Y aprender técnicas administrativas es una oportunidad emocionante para mí, aunque en realidad debería ir a la guardería».

—Eso es cierto —dijo Klaus—. Y ¿quién sabe? A lo mejor ese moderno sistema informático de veras puede mantener alejado al Conde Olaf, y eso es lo más importante de todo.

—Tienes razón —corroboró Violet—. Cualquier habitación en la que no esté el Conde Olaf es lo bastante buena para mí.

—*Olo* —confirmó Sunny, que significaba «Incluso aunque sea fea, húmeda y esté llena de cangrejos».

Los niños suspiraron y se quedaron sentados en silencio durante un rato. La casucha estaba tranquila, salvo por el golpeteo de las pinzas de los pequeños cangrejos, el *¡plop!* del hongo y los suspiros de los Baudelaire cuando miraban las horribles paredes. Por más que lo intentaran, los niños no podrían convertir la casucha en un grano de arena. No importaba cuánto pensaran en las aulas de verdad, en las personas de su edad o en la emocionante oportunidad de aprender técnicas administrativas; su nuevo hogar parecía mucho, muchísimo peor que el más molesto de los pies llenos de arena entre los dedos.

–Bueno –dijo Klaus después de un rato–, me parece que es casi la hora del almuerzo. Recordad, si llegamos tarde nos quitarán las tazas y los vasos, así que sería mejor que empezáramos a movernos.

–Esas normas son ridículas –protestó Violet mientras se agachaba para evitar el *¡plop!*–. La hora del almuerzo no es una hora específica, no se puede llegar tarde. No es más que una expresión que significa «cuando se come».

–Ya lo sé –dijo Klaus–, y eso de que Sunny sea castigada por ir al edificio administrativo, cuando tiene que ir allí para trabajar como secretaria de Nerón, es una estupidez total.

–*¡Kalc!* –replicó Sunny, apoyando la manita

sobre una de las rodillas de su hermano. Quiso decir algo parecido a «No te preocupes por eso. Soy un bebé y por lo general no suelo utilizar los cubiertos. No importa que me los quiten».

Fueran o no ridículas las normas, los huérfanos no querían que los castigasen, así que los tres caminaron con cautela —aquí la expresión «con cautela» significa «evitando los cangrejos territoriales»— y salieron de la casucha hasta llegar al césped marrón. La clase de gimnasia ya debía de haber terminado, porque todos los niños corredores habían desaparecido y eso contribuyó a que los Baudelaire se dirigieran incluso con mayor rapidez hacia la cafetería.

Muchos años antes de que esta historia tuviera lugar, cuando Violet tenía diez años y Klaus ocho y Sunny ni siquiera era un feto, la familia Baudelaire fue a una feria rural del condado para ver un cerdo que su tío Elwyn había presentado a un concurso. El concurso de cerdos resultó ser un poco estúpido, pero en la carpa de al lado había otro concurso que la familia encontró bastante interesante: el Concurso de la Lasaña Gigante. La lasaña que ganó el lazo azul había sido cocinada por once monjas y era tan grande como un colchón doble y blandito. Tal vez porque estaban en una edad muy impresionable —aquí la expresión «edad impresionable» significa «diez y ocho años, respectivamente»—, Violet y Klaus siempre recordarían esa lasaña y estaban seguros de que jamás verían otra que fuera ni remotamente tan grande.

Violet y Klaus se equivocaban. Cuando los Baudelaire entraron a la cafetería, vieron una lasaña tan grande como una pista de baile. Estaba colocada sobre un enorme salvamanteles para no quemar el suelo y la persona que la servía llevaba una gruesa máscara de metal como protección, así que los niños solo podían verle los ojos, que miraban a través de unos diminutos agujeros. Los atónitos Baudelaire se colocaron en una larga cola de niños y esperaron su turno para que la persona de la máscara de metal sirviera lasaña en unas horribles bandejas de plástico y las entregara

sin mediar palabra a los niños. Después de recibir
su lasaña, los huérfanos avanzaron en la cola y se
sirvieron ensalada de lechuga, que estaba en un
cuenco del tamaño de una furgoneta de transpor-
te. Junto a la ensalada había una montaña de pan
de ajo y al final de la cola había otra persona con
máscara de metal que entregaba los cubiertos a
los estudiantes que no habían estado en el interior del edificio administrativo. Los Baudelaire
dijeron «gracias» a esa persona y ella les dedicó un
breve gesto metálico como respuesta.

Echaron un buen vistazo a la repleta cafetería.
Cientos de niños ya habían recibido su ración de
lasaña y estaban sentados a lo largo de unas mesas rectangulares. Los Baudelaire vieron a muchos otros niños que sin duda habían estado en
el edificio administrativo, porque no tenían cubiertos. Vieron muchos estudiantes más con las
manos atadas a la espalda como castigo por haber
llegado tarde a clase. Y vieron a muchos alumnos
con mirada triste, como si alguien les hubiera
obligado a comprar una bolsa de caramelos y a

mirar cómo ese alguien se los comía. Los huérfanos adivinaron que esos estudiantes no habían
asistido a uno de los conciertos de seis horas que
ofrecía Nerón.

Sin embargo, no fue ninguno de estos castigos
lo que provocó que los Baudelaire se quedaran
quietos durante tanto tiempo; fue el hecho de
que no sabían dónde sentarse. Las cafeterías
pueden ser lugares confusos, porque cada una
tiene sus normas y a veces resulta difícil saber
dónde deberías comer. Por lo general, los Baudelaire comían con alguno de sus amigos, pero sus
amigos estaban lejos, muy lejos de la Academia
Preparatoria Prufrock. Violet, Klaus y Sunny
echaron un vistazo a la cafetería llena de desco-
nocidos y pensaron que nunca podrían soltar sus
horribles bandejas. Al final, vieron a la niña que
habían visto en el patio, la que los había llamado
esa cosa tan rara, y dieron unos pasos para acer-
carse a ella.

Bien, tanto vosotros como yo sabemos que esa
horrible niñita era Carmelita Polainas, pero a los

Baudelaire no se la habían presentado formal-
mente y por eso no se dieron cuenta de lo horrible que era, aunque a medida que los huérfanos
se acercaban a su sitio, ella se encargó de darles
información instantánea.

—Ni penséis siquiera en comer por aquí cerca,
¡zampabollos! —gritó Carmelita Polainas, y muchos de sus amigos maleducados, mugrientos y
violentos asintieron para expresar su conformi-
dad—. ¡Nadie quiere comer con gente que vive en
la Casucha de los Huérfanos!

—Lo siento mucho —se disculpó Klaus, aunque
sabía que no lo sentía en absoluto—. No quería
molestarte.

Carmelita, que al parecer nunca había estado
en el edificio administrativo, cogió los cubiertos
y empezó a golpear con ellos su bandeja de una
forma rítmica e irritante.

—¡Huérfanos zampabollos en la Casucha de
los Huérfanos! ¡Huérfanos zampabollos en la
Casucha de los Huérfanos! —canturreaba y, para
disgusto de los Baudelaire, muchos de los niños

se unieron a ella enseguida. Como tantas otras personas maleducadas, mugrientas y violentas, Carmelita Polainas tenía un grupo de amigos que siempre estaban encantados de ayudarla a atormentar a la gente, seguramente para evitar que los atormentasen a ellos. En un par de segundos fue como si la cafetería al completo estuviera golpeando las bandejas con los cubiertos y canturreando «¡Huérfanos zampabollos en la Casucha de los Huérfanos!». Los tres hermanos se apretaron más entre sí mientras estiraban el cuello para ver si había algún lugar en el que pudieran refugiarse y comer en paz.

—¡Oh, déjalos en paz, Carmelita! —gritó una voz que se alzó por encima del canturreo. Los Baudelaire se volvieron y vieron a un chico con el pelo muy negro y los ojos muy abiertos. Parecía un poco mayor que Klaus y un poco menor que Violet, y tenía un cuaderno de color verde oscuro metido en el bolsillo de su grueso jersey de lana—. Tú eres la zampabollos y nadie en su sano juicio querría comer contigo ni en un millón de años. Venid —dijo el niño, mirando a los Baude-laire—. Hay sitio en nuestra mesa.

—Muchas gracias —dijo Violet, aliviada, y si-guió al niño hasta una mesa donde había un montón de sitio. Se sentó junto a una niña que era exactamente igual que él. Parecía de la misma edad y también tenía el pelo muy negro y los ojos muy abiertos, y una libreta metida en el bolsillo de su grueso jersey de lana. La única diferencia entre ambos era que el cuaderno de la niña era negro como el carbón. Ver a dos personas que se parecían tanto no dejaba de ser en cierto modo espeluznante, pero siempre era mejor que mirar a Carmelita Polainas, así que los Baudelaire se sen-taron frente a ellos y se presentaron.

—Me llamo Violet Baudelaire —dijo Violet Bau-delaire—, y estos son mi hermano Klaus, y Sunny, nuestra hermanita.

—Encantado de conoceros —dijo el niño—. Me llamo Duncan Quagmire, y esta es mi hermana, Isadora. Y, aunque siento decirlo, la niña que os estaba gritando es Carmelita Polainas.

—No parece muy agradable —comentó Klaus.

—¡Te has quedado corto! —exclamó Isadora—. Carmelita Polainas es maleducada, mugrienta y violenta, y cuanto menos tiempo pases con ella, más feliz serás.

—Léeles a los Baudelaire el poema que has escrito sobre ella —le sugirió Duncan a su hermana.

—¿Escribes poesía? —preguntó Klaus. Había leído mucho sobre poetas, pero jamás había conocido a uno.

—Solo un poco —respondió Isadora con modestia—. Escribo poemas en este cuaderno. Es una afición que tengo.

—¡*Safo!* —gritó Sunny, que significaba algo así como «¡Me encantaría escuchar uno de tus poemas!».

Klaus explicó a los Quagmire lo que Sunny había querido decir, e Isadora sonrió y abrió su cuaderno.

—Es un poema muy corto —comentó—. Solo tiene dos versos rimados.

—Eso es un pareado —añadió Klaus—. Lo aprendí en un libro de crítica literaria.

—Sí, ya lo sé —dijo Isadora, y luego leyó su poema, inclinada hacia delante para que Carmelita Polainas no lo escuchara:

Prefiero comerme cien murciélagos tontainas
que pasar una hora con Carmelita Polainas.

Los Baudelaire se rieron y luego se taparon la boca para que nadie supiera que se estaban riendo de Carmelita.

—Ha sido genial —dijo Klaus—. Me gusta la parte de los murciélagos tontainas.

—Gracias —respondió Isadora—. Me gustaría leer ese libro sobre crítica literaria del que me has hablado. ¿Me lo prestarás?

Klaus inclinó la cabeza.

—No puedo —dijo—. Ese libro pertenecía a mi padre y se quemó en un incendio.

Los Quagmire se miraron entre sí y abrieron aún más los ojos.

—Siento mucho oír eso —dijo Duncan—. Mi hermana y yo vivimos un horrible incendio, así que sabemos qué se siente. ¿Tu padre murió en ese incendio?

—Sí —contestó Klaus— y mi madre también.

Isadora soltó el tenedor, se estiró hasta llegar al otro lado de la mesa y le dio una palmadita a Klaus en la mano. Por lo general, este gesto podría haber avergonzado un poco a Klaus, pero en aquella situación le pareció del todo natural.

—Cuánto siento oír eso —dijo la niña—. Nuestros padres también murieron en un incendio. Es horrible echar tanto de menos a tus padres, ¿verdad?

—*Bloni* —contestó Sunny mientras asentía con la cabeza.

—Durante mucho tiempo —admitió Duncan—, me dio miedo cualquier tipo de fuego. Ni siquiera podía mirar los calentadores.

Violet sonrió.

—Durante una temporada vivimos con una mujer, nuestra tía Josephine, a la que le asustaban los calentadores. Le daba miedo que pudieran explotar.

—¡Explotar! —exclamó Duncan—. A mí no me daban tanto miedo. ¿Por qué no vivís ahora con vuestra tía Josephine?

En ese momento fue Violet quien miró hacia abajo.

—Ella también ha muerto —dijo Violet—. A decir verdad, Duncan, nuestra vida lleva bastante tiempo patas arriba.

—Lo siento mucho —se compadeció Duncan—, y me gustaría poder decir que las cosas irán mejor aquí. Pero entre el subdirector Nerón, que toca el violín, Carmelita Polainas, que se mete con nosotros y la horrible Casucha de los Huérfanos, la Prufrock es un lugar bastante lamentable.

—Creo que es horrible llamarla Casucha de los Huérfanos —dijo Klaus—. Ya es un lugar lo bastante malo como para encima ponerle un mote insultante.

—El mote se lo puso Carmelita —aclaró Isadora–. Duncan y yo tuvimos que vivir allí durante tres semestres porque necesitábamos que uno de nuestros padres o un tutor nos firmara la hoja de permiso y no teníamos ni padres ni tutor.

–¡Eso es lo mismo que nos ha pasado a nosotros! –exclamó Violet–. Y cuando le hemos pedido a Nerón que hiciera una excepción...

–Ha dicho que estaba demasiado ocupado practicando con el violín –asintió Isadora, acabando la frase de Violet–. Siempre dice eso. De todas formas, Carmelita lo llamó la Casucha de los Huérfanos cuando nosotros vivíamos allí y parece que va a seguir haciéndolo.

–Bueno –suspiró Violet–, los nombres despectivos de Carmelita son el menor de nuestros problemas en la casucha. ¿Cómo os las apañabais con los cangrejos cuando vivíais allí?

Duncan soltó la mano de Violet para sacar su cuaderno del bolsillo.

–Utilizo el cuaderno para tomar notas sobre las cosas –explicó–. Planeo ser periodista cuando sea algo mayor y supongo que es bueno empezar a practicar. Aquí está: notas sobre cangrejos. Veréis, los asustan los ruidos fuertes, así que tengo una lista de cosas que hacíamos para espantarlos y conseguir que se alejaran de nosotros.

–Los asustan los ruidos fuertes –repitió Violet, y se ató el pelo con un lazo para apartárselo de los ojos.

–Cuando se ata el pelo en una coleta así –explicó Klaus a los Quagmire– quiere decir que está pensando en un invento. Mi hermana es muy buena inventora.

–¿Qué os parecen los zapatos ruidosos? –dijo Violet de repente–. ¿Y si nos ponemos pequeñas piezas metálicas pegadas a los zapatos? Entonces siempre que caminemos haremos un ruido fuerte, y apuesto a que difícilmente veremos a esos cangrejos.

–¡Zapatos ruidosos! –exclamó Duncan–. ¡Isadora y yo vivimos en la Casucha de los Huérfanos todo ese tiempo y nunca se nos ocurrió lo de los zapatos ruidosos! –Se sacó un lápiz del bolsillo y escribió «zapatos ruidosos» en el cuaderno de color verde oscuro y luego volvió la página–. Tengo una lista de libros sobre hongos que están en la biblioteca del colegio, por si necesitáis ayuda con esa cosa marrón del techo.

–¡*Zatual!* –chilló Sunny.

–Nos encantaría ver la biblioteca –tradujo Violet–. Es una verdadera suerte haberos conocido, mellizos.

Duncan e Isadora parecieron alicaídos, expresión que no significa que se cayeran. Simplemente quiere decir que los dos hermanos de pronto se pusieron muy tristes.

–¿Qué ocurre? –preguntó Klaus–. ¿Hemos dicho algo que os haya molestado?

–«Mellizos» –respondió Duncan, con una voz tan baja que los Baudelaire apenas pudieron oírle.

–Sois mellizos, ¿no? –preguntó Violet–. Sois iguales.

–Somos trillizos –aclaró Isadora con tristeza.

–No lo entiendo –comentó Violet–. ¿Los trillizos no son tres personas nacidas al mismo tiempo?

—Éramos tres personas nacidas al mismo tiempo —explicó Isadora—, pero nuestro otro hermano, Quigley, también murió en el incendio que mató a mis padres.

—Lo siento mucho —dijo Klaus—. Por favor, perdonad que os hayamos llamado mellizos. No pretendíamos ser irrespetuosos con la memoria de Quigley.

—Pues claro que no pretendíais hacerlo —afirmó Duncan, dedicándole una sonrisita a los Baudelaire—. Era imposible que pudierais saberlo. Venga, si habéis acabado con la lasaña, os enseñaremos la biblioteca.

—Y a lo mejor podemos encontrar algunos trozos de metal —dijo Isadora— para los zapatos ruidosos.

Los huérfanos Baudelaire sonrieron y los cinco niños recogieron sus bandejas y salieron de la cafetería.

La biblioteca resultó ser un lugar agradable, pero no fueron las cómodas sillas ni las enormes estanterías de madera ni el silencio de la gente leyendo lo que hizo que los tres hermanos se sintieran tan bien al entrar en la sala. No sirve de nada que os hable de las lámparas de bronce con forma de distintos peces ni de las cortinas de color azul celeste que ondeaban como el agua cuando la brisa entraba por la ventana, porque a pesar de que estas cosas eran maravillosas no fueron lo que hizo sonreír a los tres niños. Los trillizos Quagmire también sonreían, y aunque no he investigado a los Quagmire tanto como a los Baudelaire, puedo decir con razonable precisión que estaban sonriendo por la misma razón.

Es un alivio, en momentos agitados y aterradores, encontrar amigos de verdad, y fue este alivio lo que los cinco niños sentían mientras los Quagmire guiaban a los Baudelaire por la biblioteca de la Prufrock. Los amigos pueden hacernos sentir que el mundo es más pequeño y menos complicado de lo que es en realidad, porque entonces conocemos a personas que han vivido experiencias similares a las nuestras, una frase que aquí significa «haber perdido a familiares en incendios terribles y haber vivido en la Casucha de los Huérfanos». Mientras Duncan e Isadora hablaban entre susurros a Violet, Klaus y Sunny para explicarles cómo estaba organizada la biblioteca, los niños Baudelaire se sentían cada vez menos inquietos con su situación, y en el momento en que Duncan e Isadora les recomendaban sus libros favoritos, los tres hermanos pensaron que sus problemas quizá habían empezado a terminar. En eso se equivocaban, por supuesto, pero, por el momento, no importaba. Los huérfanos Baudelaire habían encontrado unos amigos y mientras estaban en la biblioteca con los trillizos Quagmire, el mundo parecía más pequeño y seguro de lo que les había parecido durante mucho, muchísimo tiempo.

Si no hace mucho que habéis entrado en un museo
—sea para asistir a una exposición de arte, sea para
escapar de la policía—, puede que os hayáis dado
cuenta de que hay un tipo de cuadro conocido con
el nombre de «tríptico». Un tríptico tiene tres pa-
neles con una imagen distinta pintada en cada uno
de ellos. Por ejemplo, mi amigo el profesor Reed
me hizo un tríptico y pintó fuego en el primer panel, una máquina de escribir en el segundo y la
cara de una hermosa e inteligente mujer en el tercero. El tríptico se titula *Lo que le pasó a Beatrice* y
no puedo contemplarlo sin romper a llorar.

Soy escritor, no pintor, pero si intentara pintar un tríptico titulado *Las desdichas de los huérfanos Baudelaire en la Prufrock*, pintaría al señor Rémora en el primer panel, a la señora Bass en el segundo y una caja de grapas en el tercero; el resultado me pondría tan triste que, entre el tríptico de Beatrice y el tríptico de los Baudelaire, sería incapaz de dejar de llorar en todo el día.

El señor Rémora era el profesor de Violet y era tan espantoso que Violet opinaba que prefería quedarse en la Casucha de los Huérfanos toda la mañana comiéndose la comida con las manos atadas a la espalda que salir pitando al Aula Uno y aprender algo de ese hombre tan horrible. El señor Rémora tenía un negro y grueso bigote, como si alguien le hubiera cortado el dedo gordo a un gorila y se lo hubiera pegado sobre el labio y, también como un gorila, el señor Rémora estaba siempre comiendo plátanos. Los plátanos son una fruta bastante deliciosa y contienen una saludable cantidad de potasio, pero después de ver al señor Rémora meterse un plátano tras otro en la boca, tirar las mondaduras al suelo y embadurnarse las mejillas y el bigote con la pulpa de la fruta, Violet deseó no volver a ver un plátano en su vida. Entre mordisco y mordisco, el señor Rémora contaba historias y los niños tenían que copiarlas al dictado en los cuadernos y cada poco tiempo había un examen. Las historias eran muy cortas y había montones sobre cualquier tema imaginable. «Un día fui a la tienda a comprar un cartón de leche –decía el señor Rémora mientras masticaba un plátano–. Cuando llegué a casa, me serví la leche en un vaso y me la bebí. Luego vi la televisión. Fin.» O: «Una tarde un hombre llamado Edward se metió en un camión verde y condujo hasta una granja. En la granja había gansos y vacas. Fin». El señor Rémora contaba una historia tras otra y comía un plátano tras otro, y a Violet se le hacía cada vez más difícil prestar atención. Para mejorar las cosas, Duncan se sentaba junto a Violet y se pasaban notas entre sí en los días más aburridos. Pero, para empeorar las cosas, Carmelita Polainas se sentaba justo detrás de Violet y cada pocos minutos se inclinaba hacia delante y pinchaba a Violet con un palito que había encontrado en el patio. «Huérfana», le susurraba y la pinchaba con el palo, y Violet se desconcentraba y olvidaba escribir algún detalle de la última historia del señor Rémora.

Al otro lado del pasillo, en el Aula Dos, estaba la profesora de Klaus, la señora Bass, cuyo pelo negro era tan largo y desaliñado que también tenía cierto aire de gorila. La señora Bass era una pobre profesora, una frase que aquí no significa «una profesora que no tiene mucho dinero», sino «una profesora que está obsesionada con el sistema métrico». El sistema métrico, como seguramente ya sabéis, es el sistema con el que la mayoría del mundo mide las cosas. Al igual que no pasa nada por comerse un plátano o dos, tampoco pasa nada si a uno le interesa medir las cosas. Klaus recordaba una vez, cuando tenía unos ocho años, una tarde lluviosa en la que estaba aburrido, que midió el ancho de todos los quicios de las puertas de la mansión de los Baudelaire. Pero lloviera o hiciera sol, lo único que hacía la señora Bass era medir cosas y anotar las medidas en la pizarra. Todas las mañanas entraba en el Aula Dos con una bolsa llena de objetos comunes y corrientes (una sartén, un marco de foto, el esqueleto de un gato) y ponía un objeto en la mesa de cada estudiante. «¡A medir!», gritaba, y todo el mundo sacaba sus reglas y medía lo que la profesora le hubiera puesto sobre el pupitre. Luego recitaban en voz alta las medidas a la señora Bass, que las escribía en la pizarra y luego hacía que todos se intercambiaran los objetos. La clase seguía así durante toda la mañana y Klaus sentía que le pesaban los ojos; la expresión «le pesaban los ojos» aquí significa «cansancio ligero causado por el aburrimiento». Al otro lado de la habitación, a Isadora Quagmire también le pesaban los ojos, y de vez en cuando ambos niños se miraban y sacaban la lengua como diciendo: «La señora Bass es mortalmente aburrida, ¿verdad?».

Sin embargo Sunny, en lugar de asistir a clase, tenía que trabajar en el edificio administrativo. Debo decir que su situación tal vez fuera la peor de todo el tríptico. Como secretaria del subdirector Nerón, Sunny tenía numerosas obligaciones asignadas que para un bebé eran simplemente imposibles de realizar. Por ejemplo, era la encargada de contestar el teléfono, pero la gente que llamaba al subdirector Nerón no siempre sabía que ¡*Seltepia!* era la forma en que Sunny decía: «Buenos días, aquí el despacho del subdirector Nerón, ¿en qué puedo ayudarle?». El segundo día, Nerón estaba furioso con ella por haber confundido a tantos de sus socios comerciales. Además, Sunny tenía que escribir a máquina, grapar y enviar por correo todas las cartas del subdirector Nerón, lo cual significaba que tenía que trabajar con una máquina de escribir, una grapadora y sellos, objetos ideados para que los usen los adultos. A diferencia de la mayoría de los bebés, Sunny tenía algo de experiencia en trabajo duro —al fin y al cabo, tanto sus hermanos como ella habían trabajado durante algún tiempo en el Aserradero de la Suerte–, aunque el material que tenía que usar era inadecuado para unos dedos tan pequeños. Sunny apenas podía mover las teclas de la máquina de escribir y, aunque hubiera podido, no sabía deletrear la mayoría de las palabras que le dictaba Nerón. Jamás había utilizado una grapadora, así que a veces se grapaba los dedos por error, y eso dolía un poquitín. Y de vez en cuando se le quedaba pegado un sello en la lengua y no se lo podía quitar.

En la mayoría de los colegios, sin importar lo míseros que sean, los estudiantes tienen la oportunidad de recuperarse durante el fin de semana, momento en el que pueden descansar y jugar en lugar de ir a espantosas clases, y los Baudelaire esperaban con ansia poder descansar de ver plátanos, reglas y material de oficina. Así que se quedaron bastante disgustados el viernes en que los Quagmire les informaron de que en la Prufrock no había fines de semana. El sábado y el domingo eran días normales de colegio; supuestamente era así para ser fieles al lema de la escuela. En realidad, ese lema no tenía ningún sentido; al fin y al cabo, es igual de fácil recordar que vas a morir cuando estás descansando que cuando estás en el colegio, pero así eran las cosas, y los Baudelaire jamás podían recordar qué día era exactamente por lo monótono de su jornada. Por eso siento deciros que no puedo especificar qué día era cuando Sunny se dio cuenta de que se estaban acabando las grapas, pero sí puedo deciros que Nerón la informó de que, como había perdido tanto tiempo aprendiendo a ser secretaria, no le compraría más grapas cuando se acabaran. En lugar de comprárselas, Sunny tendría que fabricarlas, con unas delgadas varillas de metal que Nerón tenía en un cajón.

—¡Eso es ridículo! —gritó Violet cuando Sunny le contó la última exigencia de Nerón. Fue después de cenar; los Baudelaire estaban en la Casucha de los Huérfanos con los trillizos Quagmire tirando sal al techo. Violet había encontrado un par de trozos de metal en la cafetería y había fabricado cinco pares de zapatos ruidosos, tres para los Baudelaire y dos para los Quagmire; así los cangrejos no los molestarían cuando fueran de visita a la Casucha de los Huérfanos. Sin embargo, el problema del hongo marrón estaba por resolver. Con la ayuda de Duncan, Klaus había encontrado un libro sobre hongos en la biblioteca y había leído que la sal podría conseguir que ese hongo en particular se secara. Los Quagmire habían distraído a unos trabajadores enmascarados de la cafetería, tirando las bandejas al suelo y, mientras Nerón les gritaba por armar tanto jaleo, los Baudelaire se habían metido tres saleros en los bolsillos. Más tarde, en la pequeña pausa de después de cenar, los cinco niños estaban sentados sobre las balas de paja, intentando echar sal al hongo y hablando sobre el día que habían pasado.

—Es verdaderamente ridículo —admitió Klaus—. Ya es una tontería que Sunny tenga que ser secretaria. Pero ¿que tenga que fabricarse sus propias grapas? Jamás había oído nada tan injusto.

—Creo que las grapas se hacen en las fábricas —dijo Duncan mientras hacía una pausa para rebuscar en su cuaderno verde y ver si tenía alguna nota sobre la cuestión—. No creo que la gente haya fabricado grapas a mano desde el siglo XV.

—Si pudieras hacerte con alguna de las delgadas varillas metálicas, Sunny —sugirió Isadora—, todos podríamos ayudarte a fabricar las grapas después de la cena. Si los cinco trabajamos juntos, será mucho menos problemático. Y hablando de problemas, estoy componiendo un poema sobre el Conde Olaf, pero no estoy segura de saber palabras que sean lo bastante horribles como para describirlo.

—Y supongo que será difícil encontrar palabras que rimen con «Olaf» —dijo Violet.

—Es difícil —admitió Isadora—. Hasta ahora solo se me ha ocurrido *pilaf*, que es un plato con arroz. Y además solo es una rima a medias.

—A lo mejor algún día puedes publicar tu poema sobre el Conde Olaf —dijo Klaus— y todo el mundo sabrá lo horrible que es.

—Y yo escribiré un artículo periodístico sobre él —ofreció Duncan.

—Creo que podría fabricar una imprenta —dijo Violet—. A lo mejor, cuando tenga la edad adecuada, puedo utilizar una parte de la fortuna de los Baudelaire para comprar el material que necesite.

—¿Y también podríamos imprimir libros? —preguntó Klaus.

Violet sonrió. Sabía que su hermano estaba pensando en toda una biblioteca que podrían imprimir ellos solos.

—Libros también —respondió.

—¿La fortuna de los Baudelaire? —preguntó Duncan—. ¿Vuestros padres también os dejaron una fortuna? Nuestros padres poseían los famosos zafiros Quagmire, que salieron indemnes del fuego. Cuando cumplamos la mayoría de edad, esas piedras preciosas serán nuestras. Podríamos abrir una imprenta juntos.

—¡Esa es una idea maravillosa! —exclamó Violet—. Podríamos llamarla Quagmire-Baudelaire Sociedad Limitada.

—*Podríamos llamarla Quagmire-Baudelaire Sociedad Limitada*. —Los niños se sorprendieron tanto al escuchar la voz burlona del subdirector Nerón que se les cayeron los saleros al suelo. De forma instantánea, diminutos cangrejos de la Casucha de los Huérfanos recogieron los saleros y se escabulleron con ellos antes de que Nerón pudiera darse cuenta—. Siento interrumpir vuestra importante reunión de negocios —dijo, aunque los niños sabían que el subdirector no lo sentía en absoluto—. El nuevo profesor de gimnasia ha llegado y estaba interesado en conocer a nuestra población de huérfanos antes de que empezara mi concierto. Al parecer, los huérfanos tienen una estructura ósea excelente o algo así. ¿No ha dicho eso, entrenador Gengis?

—Oh, sí —respondió un hombre alto y delgado, que dio un paso adelante y se mostró ante los niños. El hombre llevaba pantalones de chándal y una sudadera, como los que llevaría cualquier profesor de gimnasia. En los pies llevaba unas zapatillas de deporte de caña alta que parecían

muy caras y, colgado del cuello, llevaba un silbato plateado. Envolviéndole la cabeza, lucía un
largo retal de tela sujeto con una piedra preciosa
de color rojo. Esas cosas se llaman turbantes y
algunas personas los llevan por razones religiosas, pero Violet, Klaus y Sunny miraron a ese
hombre y supieron que llevaba turbante por una
razón totalmente distinta.

—Oh, sí —repitió el hombre—. Todos los huérfanos tienen unas piernas estupendas para correr
y no podía esperar a ver los ejemplares que me
estaban esperando en la casucha.

—Niños —dijo Nerón—, levantaos de la paja y
saludad al entrenador Gengis.

—Hola, entrenador Gengis —dijo Duncan.

—Hola, entrenador Gengis —dijo Isadora.

Los trillizos Quagmire le dieron la mano al
huesudo entrenador Gengis y luego se volvieron
y se encontraron con la confusa mirada de los
Baudelaire. Se quedaron muy sorprendidos al
ver a los niños sentados todavía en la paja, mirando al entrenador Gengis en lugar de obedecer

las órdenes de Nerón. Pero si yo hubiera estado allí, en la Casucha de los Huérfanos, seguramente no me habría sorprendido y apostaría mi amado tríptico *Lo que le pasó a Beatrice* a que si vosotros hubierais estado allí, tampoco os habríais sorprendido. Porque, con seguridad, habríais adivinado por qué el hombre que se hacía llamar «entrenador Gengis» llevaba un turbante. Un turbante te cubre el pelo, lo cual puede cambiar bastante tu apariencia, y si el turbante se coloca para que quede bastante bajo, como lo llevaba ese hombre, los pliegues de la tela pueden incluso cubrir las cejas –o, en este caso, la ceja– de la persona que lo lleva. Pero no puede cubrir los ojos vidriosos, muy vidriosos, ni la mirada ansiosa y siniestra que alguien podría tener al mirar desde lo alto a tres niños relativamente indefensos.

Lo que había dicho el hombre que se hacía llamar «entrenador Gengis» sobre las perfectas piernas para correr de los huérfanos era una absoluta estupidez, por supuesto, pero cuando los

Baudelaire miraron a su nuevo profesor de gimnasia desearon que no fuera una tontería. Cuando el hombre que se hacía llamar «entrenador Gengis» volvió a mirarlos con sus ojos vidriosos, muy vidriosos, los huérfanos desearon más que cualquier cosa en el mundo que las piernas los llevasen lejos, muy lejos del hombre que era en realidad el Conde Olaf.

Cinco

La expresión «seguir los pasos» es curiosa, porque no tiene nada que ver con ponerse a caminar detrás de alguien. Si sigues los pasos de alguien, quiere decir que haces exactamente lo mismo que ha hecho esa persona. Si todos vuestros amigos deciden saltar desde un puente al agua helada de un océano o un río, por ejemplo, y vosotros saltáis justo detrás, habréis seguido sus pasos. Ya habréis visto que seguir los pasos de alguien puede ser algo peligroso, porque podríais acabar ahogándoos simplemente porque una persona pensó en hacerlo antes.

Esa es la razón por la que, cuando Violet se levantó de la bala de paja y dijo: «¿Qué tal, entrenador Gengis?», Klaus y Sunny se mostraron reticentes a seguir sus pasos. Para los Baudelaire más pequeños resultaba inconcebible que su hermana no hubiera reconocido al Conde Olaf y que no se hubiera puesto en pie de un salto para informar al subdirector Nerón de lo que estaba ocurriendo. Durante un instante, Klaus y Sunny pensaron incluso que Violet podría estar hipnotizada, como le había ocurrido a Klaus cuando vivían en Paltryville. Pero Violet no tenía los ojos más abiertos de lo normal ni dijo: «¿Qué tal, entrenador Gengis?» con la voz hechizada que Klaus había utilizado cuando estaba bajo los efectos de la hipnosis.

Sin embargo, aunque estaban extrañados, los Baudelaire más pequeños confiaban por completo en su hermana. Ella había evitado casarse con el Conde Olaf cuando parecía algo inevitable, palabra que aquí significa «una vida de horror y espanto». Había fabricado una ganzúa para abrir cerraduras cuando la necesitaban desesperadamente y había utilizado sus habilidades de inventora para ayudarlos a escapar de unas sanguijuelas bastante hambrientas. Así que, aunque no se les podía ocurrir por qué, Klaus y Sunny sabían que Violet debía de tener una buena razón para saludar con educación al Conde Olaf en lugar de descubrir su identidad al instante y, por eso, después de un silencio, siguieron sus pasos.

—¿Qué tal, entrenador Gengis? —dijo Klaus.

—¡*Gefidio!* —chilló Sunny.

—Es un placer conoceros —respondió el entrenador Gengis, y sonrió. Los Baudelaire adivinaron que él creía que los había engañado por completo y estaba bastante satisfecho consigo mismo.

—¿Qué opina, entrenador Gengis? —preguntó el subdirector Nerón—. ¿Alguno de estos huérfanos tiene las piernas que estaba usted buscando?

El entrenador Gengis se rascó el turbante y miró hacia abajo en dirección a los niños como si fueran un bufé de ensaladas en lugar de cinco huérfanos.

—Oh, sí —dijo con esa voz de pito que los Baudelaire todavía oían en sus pesadillas. Con sus huesudas manos, primero señaló a Violet, luego a Klaus y por último a Sunny—. Estos tres niños son justo lo que estaba buscando, sí señor. Sin embargo, no se me ocurre qué hacer con estos mellizos.

—A mí tampoco —comentó Nerón, sin molestarse en aclarar que los Quagmire eran trillizos. A continuación se miró el reloj—. Bueno, ha llegado la hora de mi concierto. Seguidme hasta el auditorio, todos, a menos que tengáis ganas de comprarme una bolsa de caramelos.

Los huérfanos Baudelaire esperaban no tener que comprarle nunca al subdirector ninguna clase de regalo, ni mucho menos una bolsa de caramelos, algo que a los niños les encantaba y no habían comido durante mucho tiempo, así que salieron de la Casucha de los Huérfanos detrás de Nerón y cruzaron el patio hasta el auditorio.

Los Quagmire siguieron sus pasos, mientras miraban hacia arriba los edificios con aspecto de tumba, que parecían incluso más fantasmales a la luz de la luna.

—Esta noche —dijo Nerón— tocaré una sonata de violín que he compuesto yo mismo. Solo dura una media hora, pero la tocaré doce veces seguidas.

—Oh, bien —exclamó el entrenador Gengis—. Si me permite decirlo, subdirector Nerón, soy un gran admirador de su música. Sus conciertos fueron una de las principales razones por las que quería trabajar aquí en la Prufrock.

—Bueno, me alegra oírlo —respondió Nerón—. Es difícil encontrar a personas que me aprecien como el genio que soy.

—Sé cómo se siente —agregó el entrenador Gengis—. Soy el mejor profesor de gimnasia que el mundo haya visto jamás y aún no se ha celebrado ni un solo desfile en mi honor.

—Impresionante —se lamentó Nerón, sacudiendo la cabeza.

Los Baudelaire y los Quagmire, que iban ca-

minando detrás de los adultos, se miraron entre
sí con cara de disgusto al oír la conversación entre fanfarrones que estaban escuchando, pero no
se atrevían a dirigirse la palabra hasta que llega-
ran al auditorio y tomaran asiento lo más lejos
posible de Carmelita Polainas y sus detestables
amigos.

Hay una ventaja, y solo una, en alguien que no
sabe tocar el violín pero que insiste en hacerlo de
todas formas, y esa ventaja es que a menudo toca
tan alto que no puede oír si el público está manteniendo una conversación. Por supuesto, es de
muy mala educación que el público hable durante un concierto, pero cuando la ejecución es horrible y dura seis horas, la mala educación puede
perdonarse. Así ocurrió esa noche, porque después de presentarse a sí mismo con un discur-
so breve y presuntuoso, el subdirector Nerón se
quedó de pie en el escenario del auditorio y empezó a tocar su sonata por primera vez.

Cuando uno escucha una pieza de música clásica, suele ser entretenido intentar adivinar en

qué se inspiró el músico para escribir esas notas en particular. Algunas veces el compositor se inspira en la naturaleza y compone una sinfonía que imita los trinos de los pájaros y los ruidos de los árboles. Otras veces, un compositor se inspira en la ciudad y compone un concierto que imita los sonidos del tráfico y las aceras. En el caso de esta sonata, Nerón se había inspirado aparentemente en alguien golpeando a un gato, porque la música era estridente y chillona, lo que facilitaba bastante el hecho de hablar durante su interpretación. Mientras Nerón aserraba su violín, los estudiantes de la Prufrock empezaron a hablar entre ellos. Los Baudelaire apenas se dieron cuenta de la presencia del señor Rémora y la señora Bass, que se suponía que debían vigilar para saber qué estudiantes tendrían que comprarle una bolsa de caramelos a Nerón y en realidad estaban en la última fila soltando risitas y compartiendo un plátano. Solo el entrenador Gengis, que estaba sentado en pleno centro de la primera fila, parecía prestar atención a la música.

—Nuestro nuevo profesor de gimnasia tiene una pinta espeluznante —comentó Isadora.

—Es verdad —corroboró Duncan—. Tiene algo siniestro en la mirada.

—Esa mirada malvada —agregó Violet, poniendo ella misma una cara rara para asegurarse de que el entrenador Gengis no la escuchaba— es porque en realidad no es el entrenador Gengis. En realidad no es un entrenador: es el Conde Olaf disfrazado.

—¡Sabía que lo habías reconocido! —exclamó Klaus.

—¿El Conde Olaf? —preguntó Duncan—. ¡Es horrible! ¿Cómo os ha seguido hasta aquí?

—*Estiguak* —dijo Sunny con tristeza.

—Mi hermana quiere decir algo así como «Nos sigue a todas partes» —explicó Violet— y tiene razón. Pero no importa cómo nos ha encontrado. Lo que importa es que está aquí y que sin duda tiene un plan para birlarnos nuestra fortuna.

—Pero ¿por qué has fingido no reconocerlo? —preguntó Klaus.

—Sí —afirmó Isadora—. Si le hubieras dicho al subdirector Nerón quién era en realidad, él habría echado de aquí a ese zampabollos, y disculpa que utilice este término.

Violet sacudió la cabeza para indicar que no estaba de acuerdo con Isadora y que no le importaba que hubiera dicho «zampabollos».

—Olaf es demasiado listo para eso —aclaró—. Sabía que si intentaba decirle a Nerón que en realidad no era profesor de gimnasia, él habría conseguido salir al paso, al igual que hizo con la tía Josephine y con el tío Monty y con todos los demás.

—Eso está bien pensado —admitió Klaus.

—Además, si Olaf cree que nos ha engañado, podríamos tener más tiempo para averiguar exactamente qué planea.

—¡*Lirt!*

—Mi hermana quiere decir que podríamos averiguar si tiene a algún cómplice por aquí —tradujo Violet—. Esa es una buena idea, Sunny. No lo había pensado.

—¿Los compinches del Conde Olaf? —preguntó Isadora—. Eso no es justo. Ya es lo bastante malo sin nadie que le ayude.

—Sus compinches son tan malos como él —dijo Klaus—. Hay dos mujeres con la cara empolvada que nos obligaron a actuar en su obra. Hay un hombre con un garfio que ayudó a Olaf a matar a nuestro tío Monty.

—Y el hombre calvo que nos mangoneaba en el aserradero, no lo olvides —añadió Violet.

—¡*Aeguinú!* —exclamó Sunny, que significaba algo como «Y el compinche que no parece ni un hombre ni una mujer».

—¿Qué significa «*aeguinú*»? —preguntó Duncan, sacando su cuaderno—. Voy a apuntar todos esos detalles sobre Olaf y su panda.

—¿Por qué? —preguntó Violet.

—¿Por qué? —repitió Isadora—. Porque vamos a ayudaros, ¡por eso! ¿No creeréis que nos vamos a quedar aquí sentados mientras vosotros intentáis escapar de las garras de Olaf?

—Pero el Conde Olaf es muy peligroso —advirtió Klaus–. Si intentáis ayudarnos, arriesgaréis la vida.

–Eso no importa –dijo Duncan, aunque siento deciros que a los trillizos Quagmire debería haberles preocupado. Debería haberles preocupado mucho. Duncan e Isadora fueron valientes y cariñosos al intentar ayudar a los huérfanos Baudelaire, pero la valentía a menudo suele tener un precio. Con «precio» no me refiero a poco dinero, sino que me refiero a un precio altísimo, un precio tan espantoso que no puedo ni hablar de él, así que regresaré a la escena sobre la que estoy escribiendo en este momento.

–Eso no importa –dijo Duncan–. Lo que necesitamos es un plan. Bien, necesitamos demostrar a Nerón que el entrenador Gengis es en realidad el Conde Olaf. ¿Cómo podemos hacerlo?

–Nerón tiene un ordenador –dijo Violet, pensativa–. Nos enseñó una pequeña foto de Olaf en la pantalla, ¿te acuerdas?

–Sí –asintió Klaus, sacudiendo la cabeza–. Nos dijo que el moderno sistema informático mantendría alejado a Olaf. ¡Para que luego digan de los ordenadores!

Sunny asintió con la cabeza para demostrar que estaba de acuerdo y Violet la cogió en brazos y la sentó en su regazo. Nerón había llegado a una parte especialmente chirriante de su sonata y los niños tuvieron que inclinarse hacia delante para poder proseguir con su conversación.

—Si vamos a ver a Nerón mañana a primera hora de la mañana —dijo Violet—, podemos hablar con él a solas, sin que Olaf nos interrumpa. Le pediremos que utilice el ordenador. Puede ser que Nerón no nos crea, pero el ordenador lo convencerá de que por lo menos investigue al entrenador Gengis.

—A lo mejor, Nerón hace que se quite el turbante —añadió Isadora—, y así quedará al descubierto la única ceja del Conde Olaf.

—O que se quite sus carísimas zapatillas de deporte —dijo Klaus—, y así quedará al descubierto el tatuaje de Olaf.

—Pero si habláis con Nerón —comentó Duncan–, el entrenador Gengis sabrá que sospecháis de él.

–Por eso habrá que tener más cuidado que nunca –explicó Violet–. Lo que queremos es que Nerón descubra a Olaf sin que Olaf nos descubra a nosotros.

–Y mientras tanto –dijo Duncan–, Isadora y yo haremos algunas averiguaciones por nuestra cuenta. Tal vez podamos localizar a alguno de los cómplices que habéis descrito.

–Eso resultaría muy útil –explicó Violet–, si es que estáis seguros de querer ayudarnos.

–No se hable más –zanjó Duncan y le dio una palmadita a Violet en la mano.

Y no se habló más sobre el asunto. No dijeron ni una palabra más sobre el Conde Olaf durante el resto de la sonata de Nerón ni mientras la interpretaba por segunda vez, ni durante la tercera vez, ni la cuarta, ni la quinta, ni siquiera durante la sexta, y a esas alturas ya era muy, pero que muy tarde. Los huérfanos Baudelaire y los trillizos Quagmire se limitaron a sentarse con amigable comodidad, una expresión que aquí significa muchas cosas, todas alegres, aunque es bastante difícil sentirse alegre mientras escuchas una terrible sonata interpretada una y otra vez por un hombre que no sabe tocar el violín, mientras estás en un horrible internado con un hombre malvado sentado cerca de ti que sin duda estará planeando algo espantoso. Sin embargo, los instantes de felicidad llegaban en momentos extraños e inesperados a la vida de los Baudelaire, y los tres hermanos habían aprendido a aceptarlos. Duncan dejó su mano sobre la de Violet y habló con ella acerca de los detestables conciertos a los que había asistido cuando los padres de los Quagmire estaban vivos, y a ella le alegró escuchar sus historias. Isadora empezó a componer un poema sobre las bibliotecas y le enseñó a Klaus lo que había escrito en su cuaderno, y Klaus estuvo encantado de hacerle algunas sugerencias. Y Sunny se acurrucó en el regazo de Violet y royó el brazo de su asiento, feliz de poder roer algo tan sólido.

Estoy seguro de que sabréis, incluso aunque

yo no os lo haya dicho, que las cosas estaban a punto de ponerse mucho peor para los Baudelaire, pero terminaré este capítulo con este momento de amigable comodidad en lugar de pasar directamente a los infortunios de la mañana siguiente o las terribles pruebas del día después o el horrible crimen que marcó el fin de los Baudelaire en la Prufrock. Estas cosas ocurrieron, claro está, y es inútil fingir que no fue así. Pero, por ahora, hagamos caso omiso de la terrible sonata, los horribles profesores, los asquerosos y molestos estudiantes y las cosas aún más espantosas que ocurrirán muy pronto. Disfrutemos de este breve momento de comodidad, como los Baudelaire disfrutaban de la compañía de los trillizos Quagmire y, en el caso de Sunny, del brazo del asiento. Disfrutemos, al final de este capítulo, del último momento feliz que tendrían estos niños durante mucho, muchísimo tiempo.

En la actualidad, la Academia Preparatoria Prufrock está cerrada. La cerra-
ron hace muchos años, desde que la señora Bass
fue detenida por el atraco a un banco. Si
fuerais a visitar el colegio ahora, en-
contraríais un lugar vacío y silencioso.
Si caminarais por el patio, no veríais
a los niños correteando por allí, como
lo hacían el día en que llegaron los
Baudelaire. Si pasearais junto al edificio
donde están las aulas, no oiríais la voz
monótona del señor Rémora contando una historia; y si pasarais por el edificio donde está el
auditorio, no escucharíais los estridentes chirri-

dos del subdirector Nerón al tocar el violín. Si fuerais a la escuela y os pusierais bajo el arco y miraseis las letras negras con el nombre de la escuela y su austero –una palabra que aquí significa «estricto y severo»– lema, no oiríais más que el susurro de la brisa a través de la marronosa y rala hierba.

En resumen, si fuerais a visitar la Academia Preparatoria Prufrock en la actualidad, la academia tendría más o menos el aspecto que tenía cuando los Baudelaire se despertaron a primera hora de la mañana siguiente y entraron en el edificio administrativo para hablar con Nerón sobre el entrenador Gengis. Los tres niños estaban tan ansiosos por hablar con él que se levantaron especialmente temprano y, cuando cruzaron el patio de césped marrón, parecía que todos los demás habitantes de la Prufrock se hubieran escabullido en plena noche y hubieran dejado a los huérfanos solos entre los edificios con aspecto de tumba. Era una sensación escalofriante, razón por la que Violet y Sunny se sorprendieron cuando Klaus rompió el silencio con una risa repentina.

—¿De qué te ríes? —preguntó Violet.

—Es que me acabo de dar cuenta de algo —dijo Klaus—. Vamos al edificio administrativo sin que nos hayan dado cita. Tendremos que comer sin cubiertos.

—¡Eso no tiene ninguna gracia! —replicó Violet—. ¿Y si nos sirven gachas para el desayuno? Tendremos que usar las manos como cuchara.

—*Ut* —dijo Sunny, que significaba «Créeme, no es tan difícil», y en ese momento las hermanas Baudelaire se rieron con su hermano. Por supuesto que no era divertido que Nerón los sometiera a unos castigos tan espantosos, pero la idea de comer gachas con las manos les dio risa a los tres hermanos.

—¡O huevos fritos! —sugirió Violet—. ¿Y si nos sirven huevos fritos poco hechos?

—¿O tortitas con sirope? —añadió Klaus.

—¡*Sopa!* —chilló Sunny, y todos volvieron a partirse de risa.

—¿Os acordáis del picnic? —preguntó Violet—. Fuimos a almorzar al río Rutabaga, y papá estaba tan emocionado con la comida que había preparado ¡que se olvidó los cubiertos!

—¡Claro que me acuerdo! —exclamó Klaus—. Tuvimos que comer las gambas agridulces con las manos.

—¡*Pega!* —gritó Sunny con las manos en el aire.

—Sí que fue pegajoso —admitió Violet—. Después tuvimos que lavarnos las manos en el río y encontramos un sitio ideal para probar la caña de pescar que fabriqué.

—Y yo recogí moras con mamá —dijo Klaus.

—*Iopiés* —dijo Sunny, que significaba algo así como «Y yo roí piedras».

Los niños dejaron de reír mientras recordaban esa tarde, que no había sido hacía tanto tiempo pero que parecía haber tenido lugar en un pasado muy, pero que muy lejano. Después del incendio, los niños sabían que sus padres habían muerto, claro, pero daba la impresión de que solo se habían ido a otro sitio y de que volverían pronto. En ese momento, al recordar la forma en que brillaba la luz del sol sobre el agua del río Rutabaga y la risa de sus padres mientras se ponían las botas comiendo gambas agridulces, el picnic parecía tan distante que supieron que sus padres jamás volverían.

—Tal vez volvamos allí —dijo Violet con calma—. Tal vez algún día podamos volver de visita al río y pescar, y recoger moras.

—Tal vez —repitió Klaus, pero los Baudelaire sabían que, aunque un día volvieran al río Rutabaga (lo que no hicieron nunca, por cierto), jamás sería lo mismo—. Tal vez podamos, pero mientras tanto tenemos que hablar con Nerón. Vamos, hemos llegado al edificio administrativo.

Los Baudelaire suspiraron y entraron en el edificio, renunciando así al uso de los cubiertos de la Prufrock. Ascendieron por las escaleras hasta el noveno piso y llamaron a la puerta de Nerón, sorprendidos de no oírlo practicando violín.

—Entre, si se empeña —dijo Nerón, y los huérfanos entraron. Nerón estaba de espaldas a la puerta, mirando su reflejo en la ventana mientras se ataba una goma en una de las trenzas. Cuando terminó, levantó ambas manos en el aire.

—Señoras y señores, ¡el subdirector Nerón! —anunció, y los niños empezaron a aplaudir con obediencia. Nerón se volvió—. Solo esperaba oír a una persona aplaudir —dijo con severidad—. Violet y Klaus, no se os está permitido entrar aquí. Ya lo sabéis.

—Le pido disculpas, señor —dijo Violet—, pero hay algo muy importante que los tres necesitamos discutir con usted.

—*Hay algo muy importante que los tres necesitamos discutir con usted* —replicó Nerón de esa forma odiosa, habitual en él—. Debe de ser importante para vosotros, ya que habéis sacrificado el privilegio de usar la cubertería. Bien, bien, soltadlo. Tengo mucho que practicar para mi próximo concierto, así que no me hagáis perder el tiempo.

—No tardaremos mucho —prometió Klaus.

Hizo una pausa antes de proseguir, cosa que está bien si tienes que escoger las palabras con mucho, muchísimo cuidado–. Nos preocupa –continuó, escogiendo las palabras con mucho, muchísimo cuidado– que el Conde Olaf pueda haber conseguido de alguna forma entrar en la Prufrock.

–Tonterías –espetó Nerón–. Ahora marchaos y dejadme seguir practicando violín.

–Pero puede que no sea una tontería –insistió Violet–. Olaf es un maestro del disfraz. Podría estar aquí mismo, delante de nuestras narices, y no nos daríamos cuenta.

–La única cosa que está delante de mis narices –puntualizó Nerón– es mi voz y os está diciendo que os larguéis.

–El Conde Olaf podría ser el señor Rémora –dijo Klaus–. O la señora Bass.

–El señor Rémora y la señora Bass enseñan en esta escuela desde hace más de cuarenta y siete años –aclaró Nerón de forma despreciativa–. Si alguno de ellos estuviera disfrazado, yo lo sabría.

—¿Y el personal de la cafetería? —preguntó Violet—. Siempre llevan máscaras metálicas.

—Es una medida de seguridad, no es un disfraz —explicó Nerón—. Vosotros, los mocosos, tenéis unas ocurrencias estúpidas. Lo próximo que me diréis es que el Conde Olaf se ha disfrazado de tu novio, ese trillizo como-se-llame.

Violet se ruborizó.

—Duncan Quagmire no es mi novio —repuso— ni tampoco es el Conde Olaf.

Sin embargo, Nerón estaba demasiado ocupado haciendo chistes idiotas como para escuchar.

—¿Quién sabe? —preguntó, y luego volvió a reír—. Ji, ji, ji. A lo mejor se ha disfrazado de Carmelita Polainas.

—¡O de mí! —se oyó una voz que procedía de la puerta. Los Baudelaire se volvieron y vieron al entrenador Gengis de pie, con una rosa roja en la mano y una mirada feroz en los ojos.

—¡O de usted! —repitió Nerón—. Ji, ji, ji. Imagínese a ese tal Olaf fingiendo ser el mejor profesor de gimnasia del país.

Klaus miró al entrenador Gengis y pensó en todos los problemas que les había provocado, ya fuera fingiendo ser Stefano, el ayudante del tío Monty, o el Capitán Sham, o Shirley, o cualquiera de los otros ridículos nombres que había utilizado. Klaus sintió unas ganas locas de decir: «¡Tú eres el Conde Olaf!», pero sabía que si los Baudelaire fingían que el Conde Olaf los había engañado, tendrían más oportunidades de descubrir su plan, fuera el que fuese. Así que se mordió la lengua, una expresión que aquí significa que simplemente se quedó callado. En realidad no se mordió la lengua, sino que abrió la boca y se rió.

—¡Eso sería divertido! —mintió—. ¡Imagínese que en realidad fuera usted el Conde Olaf! ¿Verdad que sería divertido, entrenador Gengis? ¡Eso significaría que su turbante en realidad es un disfraz!

—¿Mi turbante? —preguntó el entrenador Gengis. Su fiera mirada desapareció en cuanto se dio cuenta de que Klaus estaba bromeando, aunque no estaba en lo cierto, claro–. ¿Un disfraz? ¡Jo, jo, jo!

–Ji, ji, ji –rió Nerón.

Violet y Sunny entendieron a la vez lo que Klaus estaba haciendo y siguieron sus pasos.

–Oh, sí, Gengis –exclamó Violet, como si estuviera bromeando–, quítese el turbante y enséñenos esa única ceja que oculta, ¡ja, ja, ja!

–¡Sois unos niños realmente divertidos! –exclamó Nerón–. ¡Sois tres cómicos profesionales!

–¡*Volasocks!* –chilló Sunny, enseñando los cuatro dientes con su falsa sonrisa.

–Oh, sí –prosiguió Klaus–. Sunny tiene razón. Si en realidad fuera usted Olaf disfrazado, sus zapatillas de deporte ocultarían su tatuaje.

–¡Ji, ji, ji! –rió Nerón–. Niños, sois tres payasos.

–¡Jo, jo, jo! –rió el Conde Olaf.

–¡Ja, ja, ja! –rió Violet, que empezaba a sentirse mareada de tanto fingir la risa. Mientras miraba a Gengis y reía con tantas ganas que le dolían los dientes, se puso de puntillas e intentó llegar al turbante–. Voy a quitarle esto –dijo como si siguiera bromeando– y descubriré su única ceja.

–¡Ji, ji, ji! –rió Nerón, sacudiendo sus trenzas de la risa–. ¡Sois como tres monos amaestrados!

Klaus se agachó y cogió a Gengis por un pie.

–Y yo le quitaré las zapatillas –dijo, como si siguiera bromeando– y descubriré su tatuaje.

–¡Ji, ji, ji! –rió Nerón–. Sois como tres...

Los Baudelaire no llegaron a escuchar como qué tres eran, porque el entrenador Gengis tendió ambos brazos y cogió a Klaus con una mano y a Violet con la otra.

–¡Jo, jo, jo! –rió con un tono de voz que se volvió serio de forma repentina–, no me puedo quitar las zapatillas de deporte porque he estado haciendo ejercicio y me huelen los pies, y no me puedo quitar el turbante por razones religiosas.

–Ji, ji... –Nerón dejó de reír y se puso serio–. Oh, entrenador Gengis –dijo–, jamás le pediríamos que contrariase sus creencias religiosas y de ninguna manera quiero oler sus pies apestosos en mi despacho.

Violet luchaba por llegar al turbante y Klaus luchaba por quitarle una de las zapatillas al malvado entrenador, pero Gengis los tenía bien agarrados.

—¡*Drat!* —chilló Sunny.

—¡Se acabó la broma! —anunció Nerón—. Gracias por alegrarme la mañana, niños. Adiós y que disfrutéis del desayuno sin cubiertos. Bueno, Gengis, ¿en qué puedo ayudarle?

—Bueno, Nerón —dijo Gengis—, solo quería entregarle esta rosa, un pequeño regalo de felicitación por el maravilloso concierto que dio anoche.

—Oh, gracias —respondió Nerón, tomando la rosa de manos de Gengis y oliéndola con ganas—. Estuve maravilloso, ¿verdad?

—Fue la perfección en persona —exclamó Gengis—. La primera vez que tocó su sonata, me sentí muy conmovido. La segunda, me cayeron lágrimas de los ojos. La tercera, me puse a gimotear. La cuarta, sufrí un ataque emocional incontrolable. La quinta...

Los Baudelaire no oyeron nada sobre la quinta

vez porque la puerta del despacho de Nerón se cerró de golpe tras ellos. Se miraron entre sí con desilusión. Los Baudelaire habían estado a punto de revelar el disfraz del entrenador Gengis, pero «a punto» no era suficiente. Caminaron con pesadez para salir del edificio administrativo y dirigirse hacia la cafetería. Evidentemente, Nerón ya había avisado a los trabajadores de máscara metálica de la cafetería, porque, cuando Violet y Klaus llegaron al final de la cola, los trabajadores se negaron a darles los cubiertos. La Prufrock no sirvió gachas para el desayuno, pero Violet y Klaus sabían que comer huevos revueltos con las manos no iba a resultar muy agradable.

—Oh, no os preocupéis por eso —dijo Isadora cuando los niños se dejaron caer con tristeza sobre sus asientos junto a los Quagmire—. Mirad, Klaus y yo nos turnaremos con mis cubiertos, y tú puedes compartirlos con Duncan, Violet. Ahora contadnos cómo ha ido todo en el despacho de Nerón.

—No muy bien —admitió Violet—. El entrenador Gengis llegó justo después que nosotros y no queríamos que supiera que nosotros sabíamos quién es en realidad.

Isadora se sacó el cuaderno del bolsillo y leyó en voz alta a los niños:

Sería algo tremendamente mágico
que Gengis tuviera un accidente de tráfico.

—Es mi último poema. Ya sé que no sirve de ayuda, pero pensé que os gustaría escucharlo de todos modos.

—Me ha gustado oírlo —dijo Klaus—. Y en realidad sí que sería algo tremendamente mágico que eso ocurriera. Pero yo no me haría ilusiones.

—Bueno, bueno, ya se nos ocurrirá otro plan —dijo Duncan mientras le pasaba a Violet su tenedor.

—Eso espero —dijo Violet—. El Conde Olaf no suele esperar mucho tiempo para poner sus malvados planes en marcha.

—¡*Kosbal!* —chilló Sunny.

—¿Sunny quiere decir que tiene un plan? —preguntó Isadora—. Estoy intentando cogerle el tranquillo a su lenguaje.

—Creo que quiere decir más o menos que «Carmelita Polainas se acerca» —aclaró Klaus, señalando al otro lado de la cafetería. Sí señor, Carmelita Polainas se aproximaba a su mesa con una gran, grandísima sonrisa en la cara.

—Hola, zampabollos —saludó—. Tengo un mensaje para vosotros del entrenador Gengis. He conseguido ser su mensajera especial porque soy la niña más mona, más bonita y más simpática de toda la escuela.

—Oh, déjate de fanfarronadas, Carmelita —dijo Duncan.

—Estás celoso —replicó Carmelita— porque el entrenador Gengis me prefiere a mí antes que a ti.

—Me importa un bledo el entrenador Gengis —respondió Duncan—. Entrega tu mensaje y déjanos en paz.

—El mensaje es el siguiente —dijo Carmelita—: Los tres huérfanos Baudelaire tienen que presentarse en el patio frontal esta noche, justo después de cenar.

—¿Después de cenar? —preguntó Violet—. Pero si después de cenar se supone que tenemos que asistir al recital de violín de Nerón.

—Ese es el mensaje —insistió Carmelita—. Ha dicho que si no os presentáis, os meteréis en un buen lío, así que si yo fuera tú, Violet...

—Tú no eres Violet, gracias a Dios —la interrumpió Duncan. No es de muy buena educación interrumpir a alguien, claro está, pero algunas veces, si la persona es muy desagradable, apenas te puedes reprimir—. Gracias por el mensaje. Adiós.

—Es una tradición —dijo Carmelita— darle a la mensajera especial una propina después de que haya comunicado su mensaje.

—Si no nos dejas en paz —aclaró Isadora—, te vas a llevar un sombrero de huevos revueltos como propina.

—Lo que te pasa es que eres una zampabollos celosa —dijo Carmelita con aire despectivo, pero dejó a los Baudelaire y los Quagmire en paz.

—No os preocupéis —los tranquilizó Duncan cuando estuvo seguro de que Carmelita no podía oírle—. Todavía es por la mañana. Tenemos todo el día para trazar un plan. Toma, come otra cucharada de huevos, Violet.

—No, gracias —contestó Violet—. No tengo mucha hambre. —Y era cierto. Ninguno de los Baudelaire tenía hambre. Los huevos revueltos jamás habían sido el plato favorito de los hermanos, sobre todo de Sunny, que prefería con creces la comida a la que podía hincar el diente, aunque la falta de apetito no tenía nada que ver con los huevos. Tenía que ver con el entrenador Gengis, claro está, y con el mensaje que les había enviado. Tenía que ver con la idea de encontrarse con él en el patio, después de la cena, a solas. Duncan tenía razón al decir que era todavía por la mañana y que tenían todo el día para pensar en qué hacer. Pero no parecía por la mañana. Violet, Klaus y Sunny estaban sentados en la cafetería, sin probar más bocado de su desayuno, y parecía como si el sol se hubiera puesto ya. Parecía como si la noche ya hubiera caído y el entrenador Gengis los estuviera esperando. Era solo por la mañana, y los huérfanos Baudelaire ya se sentían atrapados entre las garras de Olaf.

El día de colegio de los huérfanos Baudelaire fue especialmente austero, una palabra que aquí significa que las historias del señor Rémora fueron especialmente aburridas, la obsesión de la señora Bass con el sistema métrico fue especialmente irritante, y las exigencias administrativas de Nerón fueron especialmente difíciles, pero Violet, Klaus y Sunny en realidad no se dieron cuenta. Violet estaba sentada en su pupitre y cualquiera que no conociese a Violet habría pensado que estaba prestando mucha atención, porque tenía el pelo peinado con una coleta alta para tener la vista despejada. Sin embargo, Violet tenía la mente muy, muy lejos de los estúpidos cuentos que el señor Rémora estaba contando. Se había hecho una cola alta, claro está, para mejorar la concentración de su cerebro inventor en el problema al que se enfrentaban los Baudelaire, y no quería perder ni un ápice de su atención con el hombre que estaba a la entrada del aula, que se iba por las ramas y que era un zampaplátanos.

La señora Bass había llevado a la clase una caja de lápices y estaba haciendo que los alumnos averiguasen si uno de ellos era más largo o corto que el resto. Y si la señora Bass no hubiera estado tan preocupada recorriendo el aula y gritando: «¡A medir!», habría mirado a Klaus y habría pensado que tal vez el niño compartía su obsesión con las medidas, porque tenía los ojos clavados en algo como si estuviera concentrado. Pero Klaus estaba pasando la mañana con el piloto automático encendido, una expresión que aquí significa «medir lápices sin pensar en ello en realidad». Mientras iba poniendo un lápiz tras otro junto a la regla, estaba pensando en los libros que había leído que podrían ser útiles para su situación.

Y si el subdirector Nerón hubiera dejado de practicar violín y hubiera mirado a su bebé secretaria, habría adivinado que Sunny estaba esforzándose mucho enviando las cartas que le había dictado a diversas compañías fabricantes de caramelos para quejarse de la calidad de sus golosinas. Sin embargo, aunque Sunny estaba escribiendo a máquina, grapando y sellando lo más rápido posible, no tenía la mente en el material de oficina, sino en la cita que sus hermanos y ella tenían con el entrenador Gengis esa noche y en lo que harían al respecto.

Los Quagmire se ausentaron curiosamente del almuerzo, así que los Baudelaire se vieron obligados a comer con las manos en esa ocasión, pero mientras cogían a puñados los espaguetis e intentaban comerlos con la mayor habilidad posible, los tres niños estaban pensando con tanta intensidad que apenas podían hablar. Sabían, casi sin discutirlo, que ninguno de ellos había sido capaz de averiguar el plan del entrenador Gengis y que no se les había ocurrido la forma de evitar el encuentro con él en el patio, un encuentro que se acercaba cada vez más con cada puñado de almuerzo. Los Baudelaire pasaron la tarde más o menos de la misma forma, haciendo caso omiso de las historias del señor Rémora, los lápices de la señora Bass y la decreciente cantidad de grapas. Incluso durante la hora de gimnasia –uno de los mocosos amigos de Carmelita les informó de que Gengis empezaría a darles clases al día siguiente, pero que, mientras tanto, correrían como siempre–, los tres niños corrieron por el patio en un profundo silencio, mientras dedicaban toda la energía de su cerebro a pensar en la situación.

Los Baudelaire habían estado tan callados y tan concentrados, que cuando los Quagmire se sentaron delante de ellos durante la cena y dijeron al unísono: «Hemos resuelto vuestro problema» fue más un sobresalto que un alivio.

–¡Cielos! –exclamó Violet–. Me has sobresaltado.

—Creí que os sentiríais aliviados —dijo Duncan—. ¿No nos habéis escuchado? Hemos dicho que hemos resuelto vuestro problema.

—Estamos sobresaltados y aliviados —puntualizó Klaus—. ¿Qué queréis decir con que habéis resuelto nuestro problema? Mis hermanas y yo hemos estado pensando en ello todo el día y no hemos llegado a ninguna conclusión. No sabemos qué planea el entrenador Gengis, aunque estamos seguros de que planea algo. Y no sabemos cómo evitar el encuentro con él de después de la cena, aunque estamos seguros de que hará algo terrible si vamos.

—Al principio pensé que podría haber pensado solo en secuestrarnos —dijo Violet—, pero no se habría disfrazado para hacerlo.

—Al principio pensé que al final tendríamos que llamar al señor Poe —dijo Klaus— para contarle lo que está ocurriendo. Pero si el Conde Olaf puede engañar a un ordenador moderno, con toda seguridad será capaz de engañar a un banquero corriente.

—¡*Toricia!* —dijo Sunny para expresar que estaba de acuerdo.

—Duncan y yo también hemos estado dándole vueltas todo el día —dijo Isadora—. He llenado cinco páginas y media de mi cuaderno con posibles ideas y Duncan ha escrito seis páginas.

—Yo escribo con letra más pequeña —explicó Duncan, pasándole el tenedor a Violet para que pudiera comer la carne que les habían servido para la cena.

—Justo antes del almuerzo, hemos comparado nuestras notas —prosiguió Isadora— y ambos habíamos tenido la misma idea. Así que nos hemos escabullido y hemos puesto nuestro plan en marcha.

—Por eso no estábamos a la hora del almuerzo —explicó Duncan—. Os habréis dado cuenta de que tenemos charcos de bebida en la bandeja en lugar de vasos.

—Bueno, podéis usar nuestros vasos —dijo Klaus, pasándole el suyo a Isadora— al igual que vosotros nos dejáis compartir vuestros cubiertos.

Pero ¿cuál es vuestro plan? ¿Qué habéis puesto en marcha?

Duncan e Isadora se miraron entre sí, sonrieron y se acercaron a los Baudelaire para asegurarse de que nadie los oía.

—Hemos dejado la puerta posterior del auditorio entreabierta —dijo Duncan. Isadora y él sonrieron victoriosos y se recostaron en las sillas. Los Baudelaire no se sentían victoriosos: se sentían confundidos. No querían ofender a sus amigos, que habían violado las normas y habían sacrificado sus vasos para ayudarlos, pero no lograban entender por qué dejar entreabierta la puerta trasera del auditorio era una solución al problema al que se enfrentaban.

—Lo siento —dijo Violet tras un silencio—. No entiendo por qué dejar entreabierta la puerta trasera del auditorio ayuda a solucionar nuestro problema.

—¿No lo entiendes? —preguntó Isadora—. Nos sentaremos en la última fila del auditorio esta noche y, en cuanto Nerón empiece su concierto, nos iremos de puntillas y nos escabulliremos hasta el patio frontal. De esa forma podremos vigilaros a vosotros y al entrenador Gengis. Si ocurre algo sospechoso, volveremos corriendo al concierto y alertaremos al subdirector Nerón.

—Es un plan perfecto, ¿no creéis? —preguntó Duncan—. A decir verdad, me siento bastante orgulloso de mi hermana y de mí.

Los niños Baudelaire se miraron entre sí con escepticismo. No querían decepcionar a sus amigos ni criticar el plan que los trillizos Quagmire habían ideado, sobre todo porque los Baudelaire, por su parte, no habían ideado ningún plan. Pero el Conde Olaf era tan malvado y tan listo que los tres hermanos no podían evitar pensar que una puerta entreabierta y escabullirse para vigilarle no era defensa suficiente contra su maldad.

—Apreciamos que hayáis intentado resolver el problema —dijo Klaus con amabilidad—, pero el Conde Olaf es una persona malísima. Siempre tiene algo oculto en la manga. No me gustaría que os pusierais en peligro por nuestra culpa.

—No digas tonterías —respondió Isadora con firmeza mientras le daba un sorbo al vaso de Violet—. Vosotros sois los que estáis en peligro, y si queremos ayudaros, es cosa nuestra. Y no nos da miedo el Conde Olaf. Estoy segura de que este plan es bueno.

Los Baudelaire se volvieron a mirar entre sí. Era muy valiente por parte de los trillizos Quagmire no tener miedo de Olaf y tener tanta confianza en su plan. Pero los tres hermanos no podían evitar cuestionarse si los Quagmire eran tan valientes. Olaf era un hombre tan espantoso que tenerle miedo parecía algo inteligente, y había arruinado tantos planes de los Baudelaire que tener tanta confianza en ese plan parecía un poco tonto. Sin embargo, los niños se sentían tan agradecidos por los esfuerzos de sus amigos que no dijeron nada más sobre la cuestión, sino que se limitaron a terminar de cenar con los Quagmire, pasándose los cubiertos y los vasos una y otra vez e intentando hablar de otras cosas. Hablaron de otros proyectos que podrían llevar a cabo para mejorar la Casucha de los Huérfanos y sobre los temas que podían investigar en la biblioteca y sobre lo que podían hacer con el problema de Sunny y las grapas, que se estaban terminando bastante deprisa, y antes de que se dieran cuenta la cena había terminado. Los Quagmire corrieron al recital de violín y prometieron que se escaparían lo antes posible, y los Baudelaire salieron de la cafetería para dirigirse al patio frontal.

Los últimos rayos de la puesta de sol proyectaban sombras muy, muy alargadas mientras caminaban, como si algún horrible mecanismo hubiera estirado a los Baudelaire sobre el césped marrón. Los niños miraron sus sombras, que parecían tan endebles como hojas de papel, y desearon a cada paso poder hacer otra cosa —cualquier cosa— que no fuera reunirse con el entrenador Gengis a solas en el patio frontal. Desearon poder seguir caminando, pasar por debajo del arco, por delante del patio y salir al mundo exterior, pero ¿dónde habrían ido? Los tres huérfanos estaban solos en el mundo. Sus padres estaban muertos. Su banquero estaba demasiado ocupado para ocuparse de ellos como correspondía. Y sus únicos amigos eran otros dos huérfanos, de quienes los Baudelaire esperaban sinceramente que hubieran podido escapar del recital a esas alturas y estuvieran vigilándolos mientras se aproximaban a la solitaria figura del entrenador Gengis, que los esperaba con impaciencia al final del patio. La tenue luz de la puesta de sol —aquí «tenue» significa «pálida y que hace que todo parezca más fantasmagórico»— hacía que la sombra del turbante del entrenador pareciese un gran y profundo agujero.

—Llegáis tarde —dijo Gengis con su áspera voz. Cuando los hermanos llegaron hasta donde se encontraba vieron que tenía las manos a la espalda como si estuviera ocultando algo—. Teníais instrucciones de presentaros aquí justo después de la cena y llegáis tarde.

—Lo sentimos mucho —se disculpó Violet mientras estiraba el cuello e intentaba ver lo que tenía detrás de él–. Nos ha costado un poco más comer sin cubiertos.

–Si fuerais inteligentes –dijo Gengis–, habríais pedido prestados los cubiertos a alguno de vuestros amigos.

–No se nos había ocurrido –respondió Klaus. Cuando uno se ve obligado a decir horribles mentiras, suele sentir una punzada de culpabilidad en el estómago y Klaus sintió esa punzada en ese momento–. Sin duda es usted un hombre inteligente –prosiguió.

–No solo soy inteligente –admitió Gengis–, sino que además soy muy listo. Bien, pongámonos manos a la obra. Incluso los niños estúpidos como vosotros deberíais recordar que he dicho que los huérfanos tienen una estructura ósea excelente para correr. Por eso vais a realizar Prácticas de Huérfanos para la Preparación Atlética, o PHUPA, para abreviar.

–¡*Uladú!* –chilló Sunny.

–Mi hermana quiere decir que eso parece emocionante –tradujo Violet, aunque ¡*Uladú!*

quería decir en realidad: «Me gustaría que nos dijeras qué planeas en realidad, Gengis».

—Me alegro de que estéis tan entusiasmados —dijo Gengis—. En determinados casos, el entusiasmo puede sustituir la falta de cerebro. —Sacó las manos de detrás y los niños vieron que llevaba una gran lata metálica y una alargada y puntiaguda brocha. La lata estaba abierta, y un destello blanco y fantasmal refulgió en la superficie—. Bien, antes de empezar las PHUPA, necesitamos una pista. Esto es pintura fluorescente, que significa que brilla en la oscuridad.

—¡Qué interesante! —exclamó Klaus, aunque ya sabía lo que la palabra «fluorescente» significaba desde los dos años y medio.

—Bueno, si lo encuentras tan interesante —dijo Gengis con los ojos tan fluorescentes como la pintura—, puedes encargarte de la brocha. Toma. —Le pasó la alargada y puntiaguda brocha a Klaus—. Y vosotras, niñitas, podéis sujetar la lata de pintura. Quiero que pintéis un gran círculo en la hierba para que podáis ver por dónde corréis cuando empecéis a dar vueltas. Venga, ¿a qué estáis esperando?

Los Baudelaire se miraron entre sí. Lo que estaban esperando, claro está, era que Gengis revelase en realidad lo que estaba planeando con la pintura, la brocha y las ridículas Prácticas de Huérfanos para la Preparación Atlética. Sin embargo, mientras tanto, imaginaron que sería mejor hacer lo que Gengis decía. Pintar un gran y luminoso círculo en el patio no parecía muy peligroso, así que Violet cogió la lata y Klaus mojó la brocha en la pintura y empezó a dibujar el gran círculo. Por el momento, Sunny era algo así como una quinta rueda, una expresión que aquí significa «estar en una situación en la que no se puede ser muy útil», aunque gateaba junto a sus hermanos para darles apoyo moral.

—¡Más grande! —gritó Gengis en la oscuridad—. ¡Más ancho! —Los Baudelaire siguieron sus instrucciones e hicieron el círculo más grande y más ancho, alejándose más de Gengis y dejando un rastro luminoso de pintura. Observaron la oscuridad de la noche y se preguntaron dónde se escondían los trillizos Quagmire o si de verdad habían conseguido escabullirse del recital. Sin embargo, el sol ya se había puesto y lo único que los huérfanos podían ver era el brillante círculo de luz que estaban pintando en el patio y la tenue figura de Gengis, con su turbante blanco, que tenía aspecto de calavera flotante en la oscuridad de la noche.

—¡Más grande! ¡Más ancho! Está bien, está bien, ¡así de grande y ancho está bien! ¡Acabad el círculo donde estoy yo! ¡Deprisa!

—¿Qué crees que estamos haciendo en realidad? —susurró Violet a su hermano.

—No lo sé —respondió Klaus—. Solo he leído tres o cuatro libros sobre pintura. Sé que la pintura a veces puede ser venenosa o causar deformaciones en los recién nacidos. Pero Gengis no nos está obligando a comernos el círculo, y tú no estás embarazada, por supuesto, así que no se me ocurre nada.

Sunny quiso añadir: ¡*Gárgaba!*, que significaba «A lo mejor la pintura fluorescente sirve como una especie de señal luminosa», pero los Baudelaire ya habían acabado el círculo y estaban demasiado cerca de Gengis para seguir hablando.

–Supongo que esto servirá, huérfanos –dijo Gengis, quitándoles la lata de pintura y la brocha de las manos–. Ahora, a vuestros puestos, y cuando toque mi silbato empezad a correr alrededor del círculo que habéis pintado hasta que os diga que paréis.

–¿Qué? –preguntó Violet. Como estoy seguro que ya sabéis, hay dos clases de «¿Qué?» en el mundo. El primer tipo solo significa «Perdone, pero no le he oído. ¿Podría repetir, por favor?». El segundo tipo es un poco más peliagudo. Quiere decir algo más parecido a «Perdone, le he oído, pero no puedo creer que sea eso lo que quiere decir de verdad», y era este segundo tipo el que Violet utilizó en ese momento. Estaba justo al lado de Gengis, así que, evidentemente, había oído lo que había salido de la apestosa boca de aquel miserable hombre. Pero no podía creer que Gengis quisiera solo hacerles dar vueltas al círculo. Era una persona tan retorcida y repulsiva que la mayor de los Baudelaire no podía aceptar que la maldad de su plan fuera comparable tan solo a una clase normal de gimnasia.

—¿*Qué?* —repitió Gengis con sorna. Sin duda alguna se lo había copiado a Nerón, una expresión que aquí significa «había aprendido a repetir las cosas de forma burlona para reírse de los niños»—. Sé que me has oído, pequeña huérfana. Estás justo a mi lado. Ahora, a vuestros puestos todos y empezad a correr lo más rápido posible en cuanto toque el silbato.

—Pero Sunny es un bebé —protestó Klaus—. No sabe correr, al menos no de forma profesional.

—Entonces tendrá que gatear lo más rápido posible —replicó Gengis—. Bien, a vuestros puestos, preparados, listos, ¡ya!

Gengis tocó el silbato y los huérfanos Baudelaire empezaron a correr manteniendo el ritmo para poder ir juntos aunque tuvieran piernas de longitudes distintas. Terminaron una vuelta y luego otra, y otra, y otra más, y cinco más, y luego otra, e hicieron siete, y luego otra, y después tres más, y dos más, y otra, y luego otra, y luego seis más, y luego perdieron la cuenta. El entrenador Gengis seguía tocando el silbato y de vez en cuando gritaba cosas aburridas e inútiles como «¡Seguid corriendo!» o «¡Una vuelta más!». Los niños miraban el círculo fluorescente del suelo para poder mantenerse dentro y luego miraban a Gengis y veían cómo se alejaba y se acercaba cuando completaban una vuelta; después miraban a la oscuridad para ver si podían vislumbrar a los Quagmire.

Los Baudelaire también se miraban entre sí de vez en cuando, pero no hablaban, ni siquiera cuando estaban lo bastante lejos de Gengis para que no los oyera. Una de las razones por las que no hablaban era para ahorrar energía, porque aunque los Baudelaire estaban en bastante buena forma, no habían corrido tantas vueltas en toda su vida y en poco tiempo estarían jadeando de tal manera que en realidad no podrían hablar de nada. Aunque la otra razón por la que no hablaban era que Violet ya había hablado por ellos cuando había pronunciado el segundo tipo de «¿Qué?». El entrenador Gengis seguía tocando el silbato y los niños seguían dando vueltas y vueltas por la pista y les retumbaba en la mente ese segundo tipo de pregunta peliaguda. Los tres hermanos habían oído al entrenador Gengis, pero no podían creer que las PHUPA fueran la totalidad de su malvado plan. Los huérfanos Baudelaire siguieron corriendo alrededor del círculo fluorescente hasta que los primeros rayos del sol empezaron a reflejarse en la joya del turbante de Gengis y lo único que podían pensar era: «¿Qué? ¿Qué? ¿Qué?».

Ocho

—¿Qué? —preguntó Isadora.

—He dicho: «Al final, cuando salió el sol, el entrenador Gengis nos hizo parar de dar vueltas y nos dejó ir a dormir» —dijo Klaus.

—Mi hermana no quería decir que no te hubiera oído —explicó Duncan—. Quería decir que te había oído, pero que no creía que fuera eso lo que habías dicho en realidad. Y, a decir verdad, a mí me cuesta creerlo, aunque lo haya visto con mis propios ojos.

—Yo tampoco puedo creerlo —dijo Violet, haciendo una mueca de dolor mientras se metía una cucharada de la ensalada que las personas enmascaradas les habían servido para el almuerzo. Era la tarde del día siguiente y los tres huérfanos Baudelaire estaban haciendo muchas muecas de dolor, una expresión que aquí significa «fruncir el entrecejo, por un susto o un disgusto». Cuando el entrenador Gengis había puesto el nombre de PHUPA a las actividades nocturnas, había usado el nombre como acrónimo de Prácticas de Huérfanos para la Preparación Atlética, pero los tres niños pensaron que el nombre de PHUPA era bastante apropiado. Después de una noche entera de PHUPA, sintieron «pupa» todo el día. Cuando por fin entraron a la Casucha de los Huérfanos para irse a dormir, se habían sentido demasiado cansados para ponerse los zapatos ruidosos, así que las pinzas de los pequeños cangrejos territoriales les habían hecho pupa en los pies. Y la cabeza les hacía pupa, no solo por la jaqueca, que suele producirse cuando no se duerme bastante, sino por intentar imaginar qué estaba planeando el entrenador Gengis al hacerles dar tantas vueltas. A los Baudelaire les hacían pupa las piernas, los pies y la cabeza, y no tardarían en hacerles pupa los músculos de las comisuras de la boca después de haberse pasado el día haciendo muecas de dolor.

Era la hora del almuerzo y los tres niños intentaban hablar sobre la noche anterior con los trillizos Quagmire, que no tenían mucha pupa y que no estaban ni la mitad de cansados. Una de las razones era que habían estado escondidos detrás del arco, vigilando a Gengis y a los Baudelaire y no dando vueltas y vueltas al círculo fluorescente. La otra razón era que los Quagmire habían hecho la vigilancia por turnos. Después de que los Baudelaire hubieron dado las primeras vueltas y no parecía que fueran a parar, los dos trillizos habían decidido turnarse: mientras Duncan vigilaba, Isadora dormía, y mientras Duncan dormía, Isadora vigilaba. Los dos hermanos se prometieron que despertarían al que estaba durmiendo si el que estaba vigilando notaba algo raro.

—Yo hice el último turno —explicó Duncan—, así que mi hermana no vio el final de la PHUPA.

Pero no importa. Lo único que ocurrió fue que el entrenador Gengis os dijo que dejarais de dar vueltas y os permitió ir a dormir. Pensé que podría haber insistido en quedarse con vuestra fortuna antes de que pudierais dejar de correr.

—Y yo pensé que el círculo fluorescente serviría como pista de aterrizaje —dijo Isadora— para un helicóptero pilotado por uno de sus compinches, que descendería y se nos llevaría. Lo único que no entendía era para qué os hacía dar todas esas vueltas antes de que apareciese el helicóptero.

—Pero el helicóptero no apareció —dijo Klaus, dando un sorbo de agua y haciendo una mueca de dolor—. No apareció nada.

—A lo mejor el piloto se perdió —sugirió Isadora.

—O, a lo mejor, el entrenador Gengis se cansó tanto como vosotros y olvidó pediros la fortuna —dijo Duncan.

Violet sacudió su dolorida cabeza.

—Jamás estaría tan cansado como para no quedarse con nuestra fortuna —aclaró—. Está planeando algo, seguro, pero no se me ocurre qué es.

—Pues claro que no se te ha ocurrido —dijo Duncan—. Estás agotada. Me alegro de que Isadora y yo hayamos vigilado por turnos. Vamos a utilizar todo nuestro tiempo libre para investigar. Repasaremos todas nuestras notas y buscaremos algo más en la biblioteca. Debe de haber algo que pueda ayudarnos a descubrirlo.

—Yo también investigaré —dijo Klaus, bostezando—. Se me da bien.

—Ya sé que se te da bien —dijo Isadora, sonriendo—. Pero hoy no, Klaus. Trabajaremos para descubrir el plan de Gengis, y mientras vosotros tres podéis recuperar las horas de sueño. Estáis demasiado cansados para hacer algo útil en una biblioteca o en cualquier otro lugar.

Violet y Klaus se miraron entre sí, miraron sus caras cansadas y luego miraron a su hermana pequeña y entonces entendieron que los trillizos Quagmire tenían razón. Violet había estado tan cansada que solo había tomado unas pocas notas sobre las tontas y aburridísimas historias del señor Rémora. Klaus había estado tan cansado que había medido de forma incorrecta casi todos los objetos de la señora Bass. Y, aunque Sunny no había contado lo que había hecho por la mañana en el despacho de Nerón, no podía haber sido una buena ayudante administrativa, porque se había quedado dormida justo en la cafetería, con la cabecita metida en la ensalada, como si fuera una mullida almohada en lugar de hojas de lechuga, rodajas de tomate con pegotes de cremosa mostaza y miel para el aliño, y picatostes, que son pequeños trozos de pan tostado que le dan a la ensalada un toque crujiente. Violet levantó con cuidado la cabeza de su hermanita y le sacudió unos cuantos picatostes que tenía pegados al pelo. Sunny hizo una mueca de dolor, soltó un ruido tenue y abatido y volvió a dormirse en el regazo de Violet.

–Tal vez tengas razón, Isadora –dijo Violet–. Pasaremos toda la tarde como podamos y echaremos un buen sueñecito esta noche. Si tenemos suerte, el subdirector Nerón tocará algo tranquilo en el concierto de esta noche y podremos dormir allí también.

Podréis entender, gracias a esta última frase, lo cansada que estaba en realidad Violet, porque «si tenemos suerte» no es una expresión que ella, ni ninguno de sus hermanos, usaran muy a menudo. La razón, por supuesto, está bastante clara: los huérfanos Baudelaire no tenían suerte. Eran inteligentes, sí, encantadores, sí, capaces de soportar situaciones de austeridad, sí. Pero los niños no tenían suerte, así que utilizaban la expresión «si tenemos suerte» tanto como podrían haber utilizado la expresión «si fuéramos tallos de apio», porque ninguna de las dos resultaba apropiada. Si los huérfanos Baudelaire hubieran sido tallos de apio, no habrían sido niños muy disgustados, y si hubieran tenido suerte, Carmelita Polainas no se habría acercado a su mesa justo en ese momento para transmitirles otro desdichado mensaje.

—Hola, zampabollos —dijo—; aunque, a juzgar por vuestra hermanita, sois más bien zampaensaladas. Tengo otro mensaje para vosotros del entrenador Gengis. He conseguido ser su mensajera especial porque soy la niñita más mona, más bonita y más simpática de todo el colegio.

—Si fueras en realidad la persona más simpática de todo el colegio —dijo Isadora—, no te reirías de un bebé dormido. Pero da igual, ¿cuál es el mensaje?

—En realidad es el mismo que el de la última vez —aclaró Carmelita—, pero os lo repetiré por si sois demasiado estúpidos para recordarlo. Los tres huérfanos Baudelaire tienen que presentarse en el patio frontal esta noche, justo después de cenar.

—¿Qué? —preguntó Klaus.

—¿Es que además de ser un zampabollos también eres sordo? —preguntó Carmelita—. He dicho...

—Sí, sí, Klaus te ha oído —dijo Isadora con rapidez—. No se refería a ese tipo de «¿Qué?». Hemos captado el mensaje, Carmelita. Ahora, por favor, vete.

—Ya me debéis dos propinas —dijo Carmelita, pero se fue haciendo aspavientos.

—No me lo puedo creer —se sorprendió Violet—. ¡No puedo dar más vueltas! Tengo las piernas tan doloridas que apenas puedo caminar, no puedo ni pensar en correr.

—Carmelita no ha mencionado las vueltas —señaló Duncan—. A lo mejor el entrenador Gengis pondrá su verdadero plan en marcha esta noche. En cualquier caso, nos escabulliremos del recital otra vez y os vigilaremos.

—Por turnos —añadió Isadora, asintiendo con la cabeza—. Apuesto a que nos enteraremos de cuál es su plan. Tenemos el resto del día para investigar. —Isadora hizo una pausa y abrió su cuaderno negro por la página que tocaba y leyó:

Tranquilos, Baudelaire, no os sintáis desdichados,
los trillizos Quagmire se ocupan de vuestro caso.

—Gracias —dijo Klaus, y le dedicó a Isadora una cansada sonrisa de agradecimiento—. Mis hermanas y yo os agradecemos toda vuestra ayuda. Y nos pondremos a pensar en el problema, aunque estemos demasiado cansados para investigar. Si tenemos suerte, podremos trabajar juntos para vencer al entrenador Gengis.

Allí estaba de nuevo esa expresión «si tenemos suerte»; había salido de los labios de un Baudelaire y una vez más parecía tan apropiada como «si fuéramos tallos de apio». La única diferencia era que los huérfanos Baudelaire no deseaban ser tallos de apio. Aunque fuera cierto que, si fueran tallos de apio, no serían huérfanos —porque el apio es una planta y por eso no se puede decir que en realidad tenga padres—, Violet, Klaus y Sunny no querían ser un vegetal fibroso y de pocas calorías. A los apios pueden ocurrirles desdichas con la misma facilidad que a los niños. El apio puede ser cortado en tiras y ser sumergido en salsa de almejas en fiestas de postín. Puede ser recubierto con mantequilla de cacahuete para servirse como aperitivo. Puede quedarse plantado en un campo y pudrirse si los campesinos del lugar son unos vagos o están de vacaciones. Al apio pueden ocurrirle todas esas terribles cosas y los huérfanos lo sabían, así que si les hubiésemos preguntado a los Baudelaire si querían ser tallos de apio, habrían dicho que por supuesto que no. Pero sí querían tener suerte. Los Baudelaire no querían tener mucha suerte, como el que encuentra un mapa del tesoro o el que gana helado para toda la vida en un concurso, o como el hombre —y ese hombre, por Dios, no fui yo— que tuvo la suerte necesaria para casarse con su amada Beatrice y vivir con ella felizmente durante el transcurso de su corta vida. Los Baudelaire solo querían tener la suerte suficiente. Querían tener la suerte suficiente para imaginar cómo escapar de las garras del entrenador Gengis, y al parecer tener suerte iba a ser su única oportunidad. Violet estaba demasiado cansada para inventar nada, y Sunny, que todavía dormía en el regazo de Violet, estaba demasiado cansada para morder nada ni a nadie, y parecía que, incluso con la diligencia de los trillizos Quagmire —la palabra «diligencia» aquí significa «capacidad para tomar buenas notas en los cuadernos de colores verde oscuro y negro como el carbón»–, necesitaban tener suerte si querían seguir con vida. Los Baudelaire formaron una piña como si en la cafetería hiciera muchísimo frío mientras hacían una mueca de dolor y preocupación. Parecía que los huérfanos deseaban tener suerte como nunca en toda su vida.

CAPÍTULO
Nueve

De vez en cuando, los acontecimientos de la vida
de uno se ven más claros desde la perspectiva que
da la experiencia, una expresión que aquí simplemente significa «que las cosas tienden a aclararse
con el tiempo». Por ejemplo, cuando una persona
acaba de nacer, normalmente no tiene ni idea de
qué son las cortinas y pasa mucho tiempo de sus
primeros días preguntándose por qué diantre
mamá y papá ponen trozos largos de tela en todas las ventanas del cuarto de los niños. Pero en
cuanto la persona se hace mayor, la idea de las
cortinas se aclara gracias a la perspectiva que da
la experiencia. La persona aprenderá la palabra

«cortinas» y se dará cuenta de que en realidad son bastante útiles para mantener la habitación a oscuras cuando es hora de dormir y para decorar lo que sin su presencia sería una ventana desangelada. Al final, la persona aceptará por completo la idea de las cortinas y podrá incluso comprar unas para sí misma o unas persianas venecianas incluso, gracias a la perspectiva que da la experiencia.

Sin embargo, el programa PHUPA del entrenador Gengis era un acontecimiento que no parecía aclararse para nada desde la perspectiva que da la experiencia de los huérfanos Baudelaire. En cualquier caso, se hacía cada vez más difícil de entender, porque Violet, Klaus y Sunny quedaron sumamente cansados a medida que los días –y, sobre todo, las noches– pasaban. Después de que los niños recibieran el segundo mensaje de Carmelita Polainas, pasaron el resto de la tarde preguntándose qué les haría el entrenador Gengis aquella noche. Los trillizos Quagmire también se lo preguntaban, así que todos se sorprendieron –los Baudelaire, que se encontraron en el exterior, en el patio frontal, con el entrenador Gengis después de cenar, y los Quagmire, que salieron de puntillas del recital y los vigilaron, por turnos, de nuevo desde detrás del arco cuando Gengis empezó a tocar su silbato y ordenó a los huérfanos Baudelaire que empezasen a correr. Los Baudelaire y los Quagmire imaginaban que Gengis haría con toda seguridad algo más siniestro que obligarlos a dar más vueltas.

Sin embargo, aunque una segunda noche de vueltas corriendo podría no ser nada siniestro, Violet, Klaus y Sunny estaban demasiado cansados para darse cuenta. Apenas podían escuchar los chillidos del silbato de Gengis y sus gritos de «¡Seguid corriendo!» y «¡Una vuelta más!» por encima del sonido de sus desesperados jadeos al respirar. Y las piernas les dolían tanto que los niños olvidaron, incluso desde la perspectiva que da la experiencia, lo que se sentía al tener unas piernas que no dolieran desde el muslo hasta la punta del pie.

Los Baudelaire corrieron vuelta tras vuelta, sin apenas quitar los ojos del círculo de pintura fluorescente que brillaba aún más en el patio que se iba oscureciendo. Mirar ese círculo era, en cierta forma, lo peor de todo. A medida que la tarde se convertía en noche, el luminoso círculo era lo único que los Baudelaire podían ver en realidad y se grababa en sus retinas; de esta manera, podían verlo incluso cuando miraban con desesperación a la oscuridad. Si alguna vez os han hecho una foto con flash y el resplandor del flash se os ha quedado grabado en los ojos durante unos segundos después de la foto, sabréis qué es lo que les ocurría a los Baudelaire, con la diferencia de que el círculo se les grababa en la mente durante tanto tiempo que se convirtió en algo simbólico. La palabra «simbólico» aquí significa que dejó de ser solo una pista y se convirtió en un cero. El cero fluorescente brillaba en la mente de los Baudelaire y era la representación simbólica de lo que sabían sobre su situación. Cero era lo que sabían sobre la razón por la que estaban dando vueltas sin parar. Y cero era la cantidad de energía que les quedaba para pensar en ello.

Al final, el sol empezó a salir y el entrenador Gengis despidió a su equipo de corredores. Los Baudelaire se dirigieron dando tumbos, con los ojos anegados de lágrimas, hacia la Casucha de los Huérfanos, demasiado cansados para ni siquiera ver que Duncan e Isadora se escabullían hacia su cuarto después del último turno de vigilancia. Una vez más, los tres hermanos estaban demasiado cansados para ponerse sus zapatos ruidosos, así que los pies les dolían el doble cuando se despertaron, solo dos horas después, para empezar otro día agotador. Pero —y me estremece decíroslo— ese no fue el último día agotador para los huérfanos Baudelaire. La horrible Carmelita Polainas les comunicó el mensaje de costumbre a la hora del almuerzo, después pasaron la mañana durmiéndose en las clases y las obligaciones administrativas, y los Baudelaire apoyaban la cabeza en la mesa de la cafetería con desesperación al pensar en otra noche de carreras. Los Quagmire intentaban consolarlos, prometiéndoles que redoblarían sus investigaciones, pero Violet, Klaus y Sunny estaban demasiado cansados para mantener una conversación, incluso con sus mejores amigos. Por suerte, sus mejores amigos lo entendían por completo y no consideraban el silencio de los Baudelaire ni grosero ni desalentador.

Parecía imposible creer que los tres Baudelaire consiguieran sobrevivir a otra noche de PHUPA, pero en momentos de cansancio máximo uno puede sacar a menudo fuerzas de flaqueza, lo que aquí significa encontrar energía oculta en las partes más agotadas del cuerpo. Yo lo descubrí en carne propia cuando tuve que despertarme en mitad de la noche porque me perseguía una turba enfurecida con linternas, cuchillos y malvados perros, y los Baudelaire lo descubrieron mientras daban vueltas, no solo durante esa noche, sino durante las seis noches siguientes. En total fueron nueve estupendas sesiones de PHUPA, aunque el adjetivo «estupendas» no parece adecuado para interminables noches de desesperante dolor, cuerpos sudorosos y piernas doloridas. Du-

rante nueve noches, el cerebro de los Baudelaire
se llenó con el simbólico y fluorescente cero que
brillaba en su mente como un rosco gigantesco
de desesperación.

A medida que los Baudelaire acusaban el es-
fuerzo, su rendimiento escolar se resentía con ellos.
Como estoy seguro de que sabréis, una buena noche de sueño ayuda a rendir bien en la escuela
y, por eso, si sois estudiantes, siempre deberíais
dormir bien, a menos que hayáis llegado a una
parte interesante del libro que estáis leyendo y os
tengáis que quedar despiertos toda la noche y
dejar que vuestro rendimiento escolar se quede a
medio gas, una expresión que aquí significa «suspender». En los días siguientes, los Baudelaire
estaban mucho más cansados que una persona
que se haya quedado toda la noche leyendo, y su
rendimiento escolar se quedó peor que a medio
gas: perdió todo el fuelle, una expresión que aquí
tiene diferentes significados para cada niño. Para
Violet, significaba que estaba tan dormida que
no escribió ni una sola palabra de las historias del

señor Rémora. Para Klaus, significaba que estaba tan cansado que no midió ni uno solo de los objetos de la señora Bass. Y para Sunny, significaba que estaba tan agotada que no hizo ninguna de las cosas que Nerón le ordenó. Los huérfanos Baudelaire creían que hacerlo bien en la escuela era importantísimo, incluso si la escuela estaba dirigida por un idiota tiránico, pero simplemente estaban demasiado fatigados por sus noches de vueltas para hacer sus deberes. Poco tiempo después, el círculo de pintura fluorescente no fue el único cero que los Baudelaire vieron. Violet vio un cero en la parte superior de su hoja cuando no pudo escribir ni una sola de las historias del señor Rémora en un examen. Klaus vio un cero en el cuaderno de notas de la señora Bass cuando le pidieron que dijera la longitud exacta de un calcetín largo que tenía que medir y, en vez de hacerlo, la profesora descubrió que estaba echando un sueñecito.

—Esto empieza a ser ridículo —dijo Isadora cuando Sunny puso a sus hermanos y amigos al corriente de lo que había ocurrido al principio de otro agotador almuerzo–. Mírate, Sunny. Fue incorrecto contratarte como ayudante de administración en primer lugar y es simplemente absurdo hacerte dar vueltas a gatas por las noches y obligarte a fabricar tus propias grapas durante el día.

–¡No llames a mi hermana absurda ni ridícula! –gritó Klaus.

–¡No la estoy llamando ridícula! –replicó Isadora–. ¡Estoy diciendo que la situación es ridícula!

–Ridículo quiere decir que te quieres reír de eso –aclaró Klaus, que nunca estaba demasiado cansado para definir las palabras– y no quiero que te rías de nosotros.

–No me estoy riendo de vosotros –protestó Isadora–. Intento ayudar.

Klaus cogió de golpe el vaso que estaba en el lado de Isadora.

–Pues riéndote de nosotros no nos ayudas mucho, zampabollos.

Isadora le arrebató sus cubiertos a Klaus.

—Insultándome tampoco ayudas mucho, Klaus.

—¡*Mundún!* —chilló Sunny.

—Callaos ya los dos —exigió Duncan—. Isadora, ¿no ves que Klaus está cansado? Y Klaus, ¿no ves que Isadora está frustrada?

Klaus se quitó las gafas y le devolvió el vaso a Isadora.

—Estoy demasiado cansado para ver nada —dijo—. Lo siento, Isadora. El cansancio me pone gruñón. Dentro de unos días me habré convertido en alguien tan detestable como Carmelita Polainas.

Isadora le devolvió los cubiertos a Klaus y le dio una palmadita en la mano en señal de perdón.

—Jamás serás tan desagradable como Carmelita Polainas —dijo.

—¿Carmelita Polainas? —preguntó Violet, levantando la cabeza de la bandeja. Se había quedado dormida durante la discusión de Isadora y Klaus, pero se despertó al escuchar el nombre de la Mensajera Especial–. No ha vuelto a venir para decirnos que demos más vueltas, ¿no?

–Me temo que viene para acá –dijo Duncan con pesar, una palabra que aquí significa «mientras señalaba a la maleducada, violenta y asquerosa niñita».

–Hola, zampabollos –dijo Carmelita Polainas–. Hoy os traigo dos mensajes, así que en realidad debería recibir dos propinas en lugar de una.

–Oh, Carmelita –se lamentó Klaus–. No has recibido ni una sola propina en estos nueve días y no veo razón alguna para romper esa tradición.

–Eso es porque eres un huérfano estúpido –replicó con rapidez Carmelita Polainas–. En cualquier caso, el mensaje número uno es el de siempre: reuníos con el entrenador Gengis en el patio frontal justo después de cenar.

Violet soltó un gruñido de agotamiento.

–¿Y cuál es el segundo mensaje? –preguntó.

–El segundo mensaje es que tenéis que presentaros en el despacho del subdirector Nerón enseguida.

—¿En el despacho del subdirector Nerón? —preguntó Klaus—. ¿Por qué?

—Lo siento —dijo Carmelita Polainas con una desagradable sonrisa para indicar que no lo sentía ni pizca—. No respondo a las preguntas de los huérfanos zampabollos que no dan propinas.

Algunos niños de las mesas de alrededor rieron cuando oyeron aquello y empezaron a golpear las mesas con sus cubiertos. «¡Huérfanos zampabollos en la Casucha de los Huérfanos! ¡Huérfanos zampabollos en la Casucha de los Huérfanos! ¡Huérfanos zampabollos en la Casucha de los Huérfanos!», canturreaban mientras Carmelita Polainas soltaba una risita nerviosa y se largaba para terminar su almuerzo. «¡Huérfanos zampabollos en la Casucha de los Huérfanos! ¡Huérfanos zampabollos en la Casucha de los Huérfanos! ¡Huérfanos zampabollos en la Casucha de los Huérfanos!», canturreaban mientras los Baudelaire suspiraban y se ponían de pie con las piernas arqueadas.

—Será mejor que vayamos al despacho de Nerón –dijo Violet–. Nos vemos luego, Duncan e Isadora.

–Tonterías –replicó Duncan–. Os acompañaremos. Carmelita Polainas me ha quitado el apetito, así que nos saltaremos el almuerzo y os llevaremos al edificio administrativo. No entraremos; si no, nos quedaríamos los cinco sin cubiertos, pero os esperaremos fuera y nos contaréis qué ocurre.

–Me pregunto qué querrá Nerón –dijo Klaus, bostezando.

–A lo mejor ha descubierto por su cuenta que Gengis es realmente Olaf –dijo Isadora, y los Baudelaire sonrieron al escucharlo. No tenían ni la más mínima esperanza de que esa fuera la razón por la que los convocaban al despacho de Nerón, aunque agradecían el optimismo de sus amigos. Los cinco niños entregaron sus almuerzos casi sin tocar a los trabajadores de la cafetería, que los miraron perplejos y en silencio desde detrás de sus máscaras metálicas, y se dirigieron al edificio administrativo. Los trillizos Quagmire les desearon suerte a los Baudelaire, y Violet, Klaus y Sunny subieron con dificultad las escaleras hasta el despacho de Nerón.

—Gracias por haber encontrado un hueco en vuestra apretada agenda de huérfanos para verme —dijo el subdirector Nerón, abriendo la puerta de un tirón antes de que llamaran—. Daos prisa y entrad. Cada minuto que pierdo hablando con vosotros es un minuto que podría pasar practicando violín y, cuando se es un genio musical como yo, el tiempo es oro.

Los tres niños entraron en el diminuto despacho y empezaron a aplaudir con sus cansadas manos mientras Nerón levantaba los brazos.

—Hay dos cosas de las que quería hablar con vosotros —dijo cuando terminó la ovación—. ¿Sabéis cuáles son?

—No, señor —respondió Violet.

—*No, señor* —repitió Nerón, burlón, aunque parecía disgustado porque los niños no le hubieran dado una respuesta más larga para mofarse de ellos—. Bueno, la primera es que los tres habéis faltado a nueve de mis conciertos de violín y me debéis cada uno una bolsa de caramelos por cada recital. Nueve bolsas de caramelos por tres son veintinueve bolsas. Además, Carmelita Polainas me ha dicho que os ha transmitido diez mensajes, si contáis los dos que os ha transmitido hoy, y que no le habéis dado ni una propina. Eso es horrible. Bien, creo que una buena propina es un par de pendientes con piedras preciosas, así que le debéis diez pares de pendientes. ¿Qué tenéis que decir?

Los huérfanos Baudelaire se miraron entre sí con sus ojos adormilados, adormiladísimos. No tenían nada que decir al respecto. Tenían mucho que pensar sobre eso –que se habían perdido los conciertos de Nerón porque el entrenador Gengis les había obligado a no asistir; que nueve bolsas de caramelos por tres son veintisiete y no veintinueve, y que las propinas son siempre opcionales y normalmente se pagan con dinero y no con pendientes–, pero Violet, Klaus y Sunny estaban demasiado cansados para decir nada sobre el tema. Fue una nueva decepción para el subdirector Nerón, que se quedó de pie rascándose las trenzas y esperando a que uno de los niños dijera algo para poder repetirlo con su voz detestable y burlona. Pero después de un rato de silencio, el subdirector pasó al segundo asunto.

—La segunda cosa —dijo, para continuar— es que los tres os habéis convertido en los peores estudiantes de toda la historia de la Academia Preparatoria Prufrock. Violet, el señor Rémora me ha dicho que has suspendido un examen. Klaus, la señora Bass me ha informado de que apenas puedes distinguir un extremo de la regla del otro. Y Sunny, me he dado cuenta de que no has fabricado ni una sola grapa. El señor Poe me dijo que erais niños inteligentes y trabajadores, ¡pero no sois más que una panda de zampabollos!

En ese momento, los Baudelaire ya no pudieron quedarse más tiempo callados.

—¡Suspendemos en el colegio porque estamos agotados! —gritó Violet.

–¡Y estamos agotados porque damos vueltas corriendo todas las noches! –gritó Klaus.

–¡*Galuka!* –chilló Sunny, lo cual significaba: «¡Así que grítele al entrenador Gengis, y no a nosotros!».

El subdirector Nerón les dedicó a los niños una amplia sonrisa, complacido de poder contestar de su forma favorita.

–¡*Suspendemos en el colegio porque estamos agotados!* –chilló–. ¡*Y estamos agotados porque damos vueltas corriendo todas las noches! ¡Galuka!* ¡Ya he escuchado suficientes tonterías! ¡La Academia Preparatoria Prufrock os ha prometido una excelente educación y una excelente educación es lo que recibiréis o, en el caso de Sunny, un excelente trabajo de ayudante administrativa! Le he ordenado al señor Rémora y a la señora Bass que os hagan exámenes de todas las materias mañana, unas pruebas sobre todo lo que habéis aprendido hasta ahora. Violet, será mejor que recuerdes todos los detalles de las historias del señor Rémora, y Klaus, será mejor que recuerdes la longitud, la anchura y las profundidades de los objetos de la señora Bass; si no, os expulsaré del colegio. Además, he encontrado un montón de papeles que hay que grapar mañana. Sunny, los graparás todos con grapas caseras, o te despediré. Mañana a primera hora haremos el examen y lo de las grapas, y si no sacáis sobresalientes y grapáis suficientes papeles, os iréis de la Academia Preparatoria Prufrock. Por suerte para vosotros, el entrenador Gengis se ha ofrecido a educaros en su casa. Eso quiere decir que será vuestro entrenador, vuestro profesor, vuestro tutor, todo a la vez. Es una oferta muy generosa y, de estar en vuestro lugar, le daría a él una propina también, aunque no creo que los pendientes sean lo apropiado en este caso.

—¡No vamos a darle una propina al Conde Olaf! —estalló Violet.

Klaus miró a su hermana mayor con cara de espanto.

—Violet ha querido decir entrenador Gengis —dijo Klaus con rapidez a Nerón.

—¡No he querido decir eso! —gritó Violet—. ¡Klaus, estamos en una situación demasiado desesperada como para seguir fingiendo que no le hemos reconocido!

—¡*Jaifiyú!*—corroboró Sunny.

—Supongo que tienes razón —dijo Klaus—. ¿Qué tenemos que perder?

—¿*Qué tenemos que perder?* —se burló Nerón—. ¿De qué estáis hablando?

—Hablamos del entrenador Gengis —aclaró Violet—. En realidad no se llama Gengis. Ni siquiera es entrenador de verdad. Es el Conde Olaf disfrazado.

—¡Tonterías! —exclamó Nerón.

Klaus quiso responder: «¡*Tonterías!*» a Nerón, de la forma detestable en que él lo hacía, pero se mordió su cansada lengua.

—Es cierto —dijo—. Se ha puesto un turbante sobre su única ceja y unas caras zapatillas de deporte sobre su tatuaje, pero sigue siendo el Conde Olaf.

—Lleva un turbante por motivos religiosos

—rectificó Nerón— y zapatillas de deporte porque es entrenador. Mirad. —Se acercó al ordenador y presionó un botón. La pantalla empezó a brillar con ese color de mareo de siempre y una vez más apareció la foto del Conde Olaf—. ¿Veis? El entrenador Gengis no se parece en nada al Conde Olaf y mi sistema informático moderno lo prueba.

—¡*Uchiló*! —gritó Sunny, lo que significaba: «¡Eso no prueba nada!».

—¡*Uchiló*! —se mofó Nerón—. ¿A quién creeré, a un moderno sistema informático o a dos niños que suspenden en la escuela y a un bebé que es demasiado idiota para fabricar sus propias grapas? Bueno, ya basta de malgastar mi tiempo. Mañana supervisaré personalmente los exámenes de todas las materias, que se realizarán en la Casucha de los Huérfanos. Y será mejor que hagáis un trabajo excelente, o tendréis un billete gratis a la casa del entrenador Gengis. ¡Sayonara, hermanos Baudelaire!

«Sayonara» quiere decir «adiós» en japonés, y

estoy seguro de que cada una de los millones de personas que viven en Japón se avergonzarían al oír su idioma en labios de una persona tan repulsiva. Sin embargo, los huérfanos Baudelaire no tenían tiempo de tener pensamientos tan internacionales; estaban demasiado ocupados contándoles a los trillizos Quagmire las últimas noticias.

—¡Eso es horrible! —exclamó Duncan mientras los cinco niños cruzaban a duras penas el patio para poder hablar con tranquilidad—. No hay forma de que saquéis sobresaliente en esos exámenes, sobre todo si tenéis que correr esta noche.

—¡Es odioso! —exclamó Isadora—. Tampoco hay forma de que podáis hacer todas esas grapas. Estaréis estudiando en casa de Gengis en menos que canta un gallo.

—El entrenador Gengis no nos educará en su casa —dijo Violet, mirando al patio frontal, donde el cero fluorescente los esperaba—. Hará algo mucho, muchísimo peor. ¿No lo veis? ¡Por eso nos ha hecho correr todas esas vueltas! Sabía que estaríamos agotados. Sabía que suspenderíamos o que no podríamos realizar nuestras tareas administrativas. Sabía que nos expulsarían de la Prufrock y así podría ponernos las manos encima.

Klaus gimió.

—Hemos esperado a que su plan se aclarase y ahora ya está claro. Pero podría ser demasiado tarde.

—No es demasiado tarde —insistió Violet—. Los exámenes de todas las materias no son hasta mañana por la mañana. Podemos pensar en un plan para entonces.

—¡Plan! —corroboró Sunny.

—Tendrá que ser un plan complicado —dijo Duncan—. Tenemos que preparar a Violet para el examen del señor Rémora y a Klaus para el examen de la señora Bass.

—Y tenemos que fabricar grapas —dijo Isadora—. Y los Baudelaire todavía tienen que correr las vueltas.

—Y tenemos que permanecer despiertos —dijo Klaus.

Los niños se miraron entre sí y luego miraron al exterior, al patio frontal. El sol vespertino brillaba con intensidad, pero los cinco muchachos sabían que pronto se pondría tras los edificios con forma de tumba y que llegaría la hora de las PHUPA. En realidad no tenían mucho tiempo. Violet se hizo una coleta alta con un lazo para apartarse el pelo de los ojos. Klaus se limpió las gafas y se las puso sobre la nariz. Sunny hizo chirriar los dientes, para asegurarse de que estaban lo bastante afilados para realizar cualquier tarea futura. Y los dos trillizos sacaron los cuadernos de los bolsillos de sus jerséis. El malvado plan del entrenador Gengis había quedado claro desde la perspectiva que daban las experiencias de los Baudelaire y los Quagmire, y ahora tenían que utilizar esas experiencias para elaborar un plan por su cuenta.

Los tres huérfanos Baudelaire y los dos trillizos Quagmire estaban sentados en la Casucha de los Huérfanos, que jamás había tenido un aspecto más incómodo que el que tenía entonces. Los cinco niños llevaban los zapatos ruidosos que Violet había inventado, por eso los cangrejos territoriales no se dejaban ver. La sal había secado el hongo marrón que goteaba y lo habían convertido en una costra de color marrón oscuro que no era precisamente atractiva, pero como mínimo no soltaba los *¡plops!* de líquido de hongo sobre los niños. Como la llegada del entrenador Gengis había hecho que centraran sus energías en combatir su maldad, los cinco huérfanos no habían hecho nada con las paredes de color verde salpicadas de corazones rosa; pero aun así la Casucha de los Huérfanos se había convertido en menos montañosa y más granulosa desde la llegada de los Baudelaire. Le quedaba mucho para llegar a ser un dormitorio agradable y acogedor, pero para pensar en un plan ya servía.

Los niños Baudelaire eran los que no servían para nada. Si Violet, Klaus y Sunny pasaban otra agotadora noche dando vueltas, suspenderían sus exámenes de todas las materias y no podrían realizar sus tareas administrativas, y entonces el entrenador Gengis se los llevaría de la Prufrock. Cuando pensaban en ello podían sentir los huesudos dedos de Gengis arrebatándoles la vida. Los trillizos Quagmire estaban tan preocupados por sus amigos que ellos también se sentían inservibles, aunque no estuvieran directamente en peligro, o eso pensaban ellos.

—No puedo creer que no hayamos adivinado antes lo que planeaba el entrenador Gengis —dijo Isadora, apesadumbrada, hojeando su cuaderno—. Duncan y yo hemos realizado toda esta investigación y no se nos ha ocurrido.

—No te sientas mal —dijo Klaus—. Mis hermanas y yo hemos tenido muchos encuentros con Olaf y siempre es difícil adivinar sus planes.

—Estábamos intentando averiguar la historia del Conde Olaf —dijo Duncan—. La biblioteca de la Prufrock tiene una colección bastante completa de periódicos antiguos y pensamos que, si podíamos averiguar algo sobre sus otros planes, podríamos averiguar qué trama ahora.

—Esa es una buena idea —dijo Klaus con cara pensativa—. Nunca lo he intentado.

—Imaginamos que Olaf debía de ser un hombre malvado incluso antes de conoceros —prosiguió Duncan—, así que buscamos noticias en los periódicos antiguos. Pero resultaba difícil encontrar artículos, porque, como sabéis, siempre utiliza un nombre distinto. Aunque encontramos a una persona cuya descripción coincidía con él en la *Gaceta de Bangkok*, que fue detenida por estrangular a un obispo, pero que escapó de la cárcel en tan solo diez minutos.

—Sí que parece haber sido él —dijo Klaus.

—Y luego, en el *Diario de noticias de Verona* —prosiguió Duncan—, salía un hombre que había tirado a una rica viuda por un precipicio. Tenía un tatuaje en el tobillo, pero había logrado escapar de las autoridades. Y más tarde encontramos un periódico de vuestra ciudad natal que decía...

—No quiero interrumpirte —se disculpó Isadora—, pero será mejor que dejemos de pensar en el pasado y empecemos a pensar en el presente. Ya ha pasado más de la mitad de la hora del almuerzo y necesitamos desesperadamente un plan.

—No estarás durmiendo, ¿verdad? —preguntó Klaus a Violet, que llevaba callada un buen rato.

—Claro que no estoy durmiendo —respondió Violet—. Estoy concentrada. Creo que puedo inventar algo para fabricar todas esas grapas que necesita Sunny. Pero no se me ocurre cómo puedo inventar ese aparato y estudiar para el examen al mismo tiempo. Desde que empezaron las PHUPA, no he tomado buenos apuntes en las clases del señor Rémora, así que no podré recordar sus historias.

—No tienes que preocuparte por eso —la tranquilizó Duncan, levantando su cuaderno color verde oscuro—. He escrito todas las historias del señor Rémora. Cada uno de sus aburridos detalles está reflejado en mi cuaderno.

—Y yo he tomado nota de la longitud, la anchura y la profundidad de todos los objetos de la señora Bass —dijo Isadora, levantando su cuaderno—. Puedes estudiar con mi cuaderno, Klaus, y Violet puede estudiar con el de Duncan.

—Gracias —dijo Klaus—, pero olvidáis algo. Se supone que debemos correr dando vueltas esta noche. No tenemos tiempo para leer el cuaderno de nadie.

—*Tarcour* —dijo Sunny, que quería decir «Tienes razón, la PHUPA siempre dura hasta el amanecer y los exámenes son a primera hora de la mañana».

—¡Si por lo menos contáramos con uno de los grandes inventores del mundo para ayudarnos! —deseó Violet—. Me pregunto qué haría el famoso inventor croata Nikola Tesla.

—O uno de los mejores periodistas del mundo —añadió Duncan—. Me pregunto qué haría Dorothy Parker en esta situación.

—Yo me pregunto qué haría Hammurabi, el anciano babilónico, para ayudarnos —dijo Klaus—. Fue uno de los grandes investigadores de la historia.

—O el gran Lord Byron —comentó Isadora.

—*Tiburón* —dijo Sunny, frotándose los dientes con cara pensativa.

—¿Quién sabe qué harían cualquiera de esas personas o peces si estuvieran en nuestro pellejo? —se preguntó Violet—. Es imposible saberlo.

Duncan chascó los dedos, no para llamar al camarero ni porque estuviera escuchando música pegadiza, sino porque había tenido una idea.

—¡En nuestro pellejo! —repitió—. ¡Eso es!

—¿Qué? —preguntó Klaus—. ¿De qué nos puede servir nuestro pellejo?

—No, no —dijo Duncan—. No estaba pensando en nuestro pellejo, sino en el pellejo del entrenador Gengis, que va enfundado en esas carísimas zapatillas que no se quiso quitar porque dijo que le olían los pies.

—Y apuesto a que sí le huelen —afirmó Isadora—. Me he fijado en que no se lava mucho.

—Pero esa no es la razón por la que las lleva —dijo Violet—. Las lleva como disfraz.

—¡Exacto! —exclamó Duncan—. Cuando has dicho «en nuestro pellejo» se me ha ocurrido la idea. Ya sabía que te referías a «nuestro pellejo» como una expresión que significa «en nuestra situación». Pero ¿y si alguien de verdad estuviera en vuestro pellejo, y si nosotros nos disfrazásemos poniéndonos en vuestro pellejo? Entonces nosotros correríamos las vueltas y vosotros podríais estudiar para el examen de todas las materias.

—¿Disfrazaros de nosotros? —dijo Klaus—. Sois

exactamente iguales, pero no os parecéis para nada a nosotros.

−¿Y qué? −preguntó Duncan−. Esta noche estará oscuro. Mientras os vigilábamos desde el arco, solo veíamos vuestras sombras corriendo y una gateando.

−Eso es cierto −corroboró Isadora−. Si te cojo el lazo del pelo, Violet; y Duncan se pone las gafas de Klaus, nos pareceremos bastante a vosotros; apuesto a que el entrenador Gengis no se percatará de la diferencia.

−Y podemos intercambiarnos los zapatos. Así, cuando corramos sobre la hierba sonará exactamente igual −sugirió Duncan.

−Pero ¿y Sunny? −preguntó Violet−. Es imposible que vosotros os disfracéis de tres personas.

El rostro de los trillizos Quagmire se entristeció.

−Ojalá Quigley estuviera aquí −se lamentó Duncan−. Sé muy bien que estaría deseando disfrazarse de bebé para ayudaros.

−¿Qué os parece un saco de harina? −preguntó Isadora–. Sunny es del mismo tamaño que un saco de harina. No es que quiera meterme contigo, Sunny.

–*Pasnada* –dijo Sunny, encogiéndose de hombros.

–Podríamos robar un saco de la cafetería –sugirió Isadora– y arrastrarlo mientras corremos. Desde lejos se parecerá bastante a Sunny y evitaremos levantar sospechas.

–Ponerse en el pellejo del otro parece un plan bastante arriesgado –comentó Violet–. Si fracasa, no solo estaremos metidos en un lío nosotros, sino que vosotros también. Y ¿quién sabe qué os hará el entrenador Gengis?

Resulta que esta era una pregunta que perseguiría a los Baudelaire durante bastante tiempo, pero los Quagmire apenas lo pensaron.

–No te preocupes por eso –dijo Duncan–. Lo importante es manteneros alejados de sus garras. Puede que sea un plan arriesgado, pero ponerse en el pellejo del otro es la única cosa que se nos ha ocurrido.

—Y no tenemos tiempo que perder pensando en otra cosa —añadió Isadora—. Será mejor que nos demos prisa si queremos robar el saco de harina y no llegar tarde a clase.

—Y necesitaremos una cuerda o algo parecido para poder arrastrarlo y hacer que parezca Sunny gateando —dijo Duncan.

—Yo también necesito robar un par de cosas —añadió Violet— para mi artilugio fabricador de grapas.

—*Nidop* —intervino Sunny, que significaba algo así como «Entonces, en marcha».

Los cinco niños salieron de la Casucha de los Huérfanos y se quitaron los zapatos ruidosos, se pusieron los zapatos normales para no hacer mucho ruido mientras avanzaban con nerviosismo por el patio hacia la cafetería. Estaban nerviosos porque se suponía que no debían colarse en la cafetería ni robar cosas y estaban nerviosos porque su plan era en realidad arriesgado. El nerviosismo no es un sentimiento agradable y no le desearía a ningún niño pequeño estar más nervioso que los Baudelaire y los Quagmire mientras se dirigían hacia la cafetería con sus zapatos de siempre. Aunque debo decir que los niños no estaban lo bastante nerviosos. No necesitaban ponerse más nerviosos por colarse en la cafetería, ni siquiera porque eso iba contra el reglamento, ni por robar cosas, aunque no los fueran a pillar. Pero sí deberían haber estado más nerviosos por su plan y por lo que sucedería esa tarde cuando el sol se pusiera sobre el césped marrón y el círculo fluorescente empezase a brillar. Deberían haber estado nerviosos, en ese momento, con sus zapatos de siempre, por lo que les iba a ocurrir cuando estuvieran en el pellejo del otro.

Si alguna vez os habéis disfrazado para carnaval
o habéis ido a una fiesta de disfraces, sabréis que
es emocionante disfrazarse, una emoción que es
mitad inquietud mitad peligro. Una vez asistí a
un conocido baile de máscaras ofrecido por la
duquesa de Winnipeg y fue una de las veladas
más inquietantes y peligrosas de mi vida. Iba
disfrazado de torero y me colé en la fiesta mientras me perseguían los guardias de palacio, que
iban disfrazados de escorpiones. El momento en
que entré al gran salón de baile me sentí como si
Lemony Snicket hubiese desaparecido. Llevaba

una ropa que jamás había vestido antes —una capa de color escarlata hecha de seda y un chaleco bordado con hilo de oro y una delgada máscara negra— y me sentía como si fuera una persona distinta. Y, puesto que me sentía como una persona distinta, me atreví a acercarme a una mujer a la que durante el resto de mi vida se me ha prohibido acercarme. Estaba sola en la terraza —la palabra «terraza» es una forma elegante de decir «porche de mármol pulido de color gris»— e iba disfrazada de libélula, con una máscara de purpurina verde y unas grandiosas alas plateadas. Mientras mis perseguidores iban de aquí para allá por la fiesta, intentando adivinar cuál de los invitados era yo, me escabullí hasta la terraza y le entregué un mensaje que había intentado entregarle durante quince largos y solitarios años.

—Beatrice —grité, justo en el momento en que me localizaron los escorpiones—, el Conde Olaf está...

No puedo continuar. Pensar en esa noche me hace llorar, así como pensar en los funestos tiempos que la siguieron, y, mientras tanto, estoy seguro de que querréis saber qué les ocurrió a los huérfanos Baudelaire y a los trillizos Quagmire esa noche después de cenar en la Prufrock.

—Esto es emocionante —dijo Duncan, poniéndose las gafas de Klaus—. Sé que lo estamos haciendo por un motivo grave, pero en cierta forma estoy emocionado.

Isadora recitó un pareado mientras se ataba el lazo de Violet en el pelo:

Puede que no sea especialmente audaz,
pero es emocionante ponerse un disfraz.

—No es un poema perfecto, pero servirá, teniendo en cuenta las circunstancias. ¿Qué tal estamos?

Los huérfanos Baudelaire retrocedieron unos pasos y observaron a los Quagmire con detenimiento. Era justo después de cenar y los niños estaban en la entrada de la Casucha de los Huérfanos, poniendo en marcha a toda prisa su arriesgado plan. Habían conseguido colarse en la cafetería y robar un saco de harina del tamaño de Sunny de la cocina mientras los trabajadores de máscara metálica estaban de espaldas. Violet también había robado un tenedor, un par de cucharaditas de crema de espinacas y una patata pequeña, todas ellas cosas necesarias para su invento. En ese instante tenían un par de minutos antes de que los Baudelaire –o, en este caso, los Quagmire disfrazados– tuvieran que presentarse en el patio para las PHUPA. Duncan e Isadora entregaron sus cuadernos para que los Baudelaire pudieran estudiar para los exámenes de todas las materias y se intercambiaron los zapatos para que las vueltas de los Quagmire sonaran exactamente igual que las de los Baudelaire. Solo les quedaban dos segundos cuando los Baudelaire miraron a los Quagmire disfrazados y se dieron cuenta, justo en ese momento, de lo peligroso que era el plan.

Isadora y Duncan Quagmire no se parecían mucho a Violet y Klaus Baudelaire. Duncan te-

nía los ojos de un color distinto de los de Klaus,
e Isadora tenía un color de pelo distinto del de
Violet, aunque estuviera peinado de la misma
forma. Al ser trillizos, los Quagmire eran de la
misma estatura, pero Violet era más alta que
Klaus porque era mayor que él y no había tiempo
para fabricar unos pequeños zancos y que así Isadora pudiera fingir que medía esos centímetros
de diferencia. Sin embargo, no eran esos pequeños detalles físicos los que hacían que el disfraz
resultara tan poco convincente: era el simple hecho de que los Baudelaire y los Quagmire eran
personas diferentes, y un lazo en el pelo, unas
gafas y unos zapatos los convertían en el otro
tanto como se transforma una mujer disfrazada
de libélula en ese insecto, como si pudiera en
realidad levantar el vuelo y escapar del desastre
que la aguarda.

—Ya sé que no nos parecemos mucho a voso-
tros —reconoció Duncan después de que los
Baudelaire llevaran un buen rato callados—.
Pero, recordad, el patio frontal está bastante

oscuro. La única luz que hay es la procedente del círculo fluorescente. Nos aseguraremos de mantener la cabeza baja mientras corremos, para que la cara no nos delate. No diremos ni una palabra al entrenador Gengis, para que la voz no nos delate. Y llevaremos vuestros accesorios para el pelo, vuestras gafas y vuestros zapatos, para que nuestros accesorios no nos delaten tampoco.

—No tenemos que seguir con este plan —dijo Violet con calma—. Agradecemos vuestra ayuda, pero no tenemos que intentar engañar a Gengis. Mis hermanos y yo podríamos escapar ahora mismo. Nos hemos convertido en corredores bastante buenos, así que le sacaríamos una gran ventaja al entrenador Gengis.

—Podríamos llamar al señor Poe desde una cabina, desde alguna parte —dijo Klaus.

—*Zubu* —dijo Sunny, que significaba «O ir a otro colegio, con otros nombres».

—Esos planes no podrían funcionar jamás —replicó Isadora—. Por lo que nos habéis contado del señor Poe, jamás ha sido de gran ayuda. Y el Conde Olaf parece capaz de encontraros donde quiera que vayáis, así que ir a otro colegio tampoco serviría.

—Esta es vuestra única oportunidad —confirmó Duncan—. Si aprobáis los exámenes sin levantar las sospechas de Gengis, estaréis fuera de peligro y entonces podréis concentraros en desvelar la verdadera identidad del entrenador.

—Supongo que tienes razón —dijo Violet—. Es que no me gusta la idea de que pongáis vuestras vidas en peligro solo por ayudarnos.

—¿Para qué están los amigos? —preguntó Isadora—. No pensamos asistir a un estúpido recital mientras vosotros corréis dando vueltas en dirección a vuestra condena. Vosotros tres habéis sido las primeras personas en la Prufrock que no se han portado mal con nosotros por ser huérfanos. Ninguno de nosotros tiene familia, así que tenemos que mantenernos unidos.

—Por lo menos dejadnos ir con vosotros hasta el patio frontal —pidió Klaus—. Os vigilaremos

desde el arco y nos aseguraremos de que enga-
ñáis al entrenador Gengis.

Duncan sacudió la cabeza.

—No tenéis que vigilarnos, tenéis que fabricar
grapas con varillas metálicas y estudiar para dos
exámenes de todas las materias.

—¡Oh! —exclamó Isadora de repente—. ¿Cómo
arrastraremos el saco de harina por la pista? Necesitamos una cuerda o algo parecido.

—Podemos ir dándole patadas por el círculo
—sugirió Duncan.

—No, no, no —rectificó Klaus—. Si el entrenador Gengis piensa que estáis pateando a vuestra
hermana pequeña, sabrá que algo pasa.

—¡Ya sé! —dijo Violet. Se echó hacia delante y
le puso la mano sobre el pecho a Duncan; corre-
teó con los dedos por el grueso jersey de lana
hasta encontrar lo que estaba buscando: un hilo
suelto. Con cuidado, tiró de él y deshizo el jersey
ligeramente hasta obtener una larga hebra. Entonces lo arrancó y ató un extremo al saco de harina. Le pasó el otro extremo a Duncan.

—Esto debería servir —dijo—. Siento lo de tu jersey.

—Estoy seguro de que puedes inventar una máquina de tricotar —respondió Duncan— cuando estemos realmente fuera de peligro. Bueno, será mejor que nos vayamos, Isadora. El entrenador Gengis estará esperando. Buena suerte con el estudio.

—Buena suerte dando las vueltas —respondió Klaus.

Los Baudelaire dedicaron una larga mirada a sus amigos. Se acordaron de la última vez que habían visto a sus padres, que les decían adiós con la mano mientras se iban a la playa. Por supuesto que no sabían que iba a ser la última vez que vieran a su madre y a su padre y, una y otra vez, cada uno de los Baudelaire había recordado ese día de su vida y había deseado haber dicho algo más que un simple adiós. Violet, Klaus y Sunny miraron a los dos trillizos y desearon que no fuera uno de esos momentos, un momento en que las personas que les importaban desaparecían de sus vidas para siempre. Pero ¿y si era uno de esos momentos?

—Si no volvemos a... —Violet se calló, tragó saliva y volvió a empezar—: Si algo va mal...

Duncan la cogió de las manos y la miró directamente a los ojos. Tras las gafas de Klaus, Violet vio la grave mirada de los grandes ojos de Duncan.

—Nada saldrá mal —dijo con firmeza, aunque por supuesto en ese momento se equivocaba—. Nada saldrá mal, en absoluto. Nos veremos por la mañana, Baudelaire.

Isadora hizo un gesto de asentimiento con solemnidad y siguió a su hermano y al saco de harina mientras se alejaban de la Casucha de los Huérfanos. Los huérfanos Baudelaire los miraron alejarse hacia el patio frontal hasta que los trillizos no fueron más que dos puntitos que arrastraban otro puntito con ellos.

—¿Sabéis? —comentó Klaus, mientras los miraban—. De lejos, con esta luz tenue, se parecen bastante a nosotros.

—*Abax* —corroboró Sunny.

—Eso espero —murmuró Violet—. Eso espero. Pero, mientras tanto, será mejor que dejemos de pensar en ellos y nos concentremos en nuestra parte del plan. Vamos a ponernos los zapatos ruidosos y a entrar en la casucha.

—No puedo ni imaginar cómo vas a fabricar las grapas —dijo Klaus— con solo un tenedor y una patata pequeña. Parecen más bien los ingredientes de una guarnición que lo necesario para crear una máquina que fabrica grapas. Espero que tus habilidades para la invención no se hayan visto entorpecidas por la falta de sueño.

—No creo —dijo Violet—. Es increíble la cantidad de energía que se tiene en cuanto hay un plan. Además, mi plan no solo incluye las cosas que he robado: incluye uno de los cangrejos de la Casucha de los Huérfanos y nuestros zapatos ruidosos. Bien, cuando los tres tengamos los zapatos puestos, por favor, seguid mis instrucciones.

Los dos hermanos pequeños Baudelaire se quedaron bastante sorprendidos al escuchar esto, pero habían aprendido tiempo atrás que cuando se trataba de inventos, se podía confiar a ciegas en Violet. En el pasado reciente, había inventado un garfio, una ganzúa y un aparato para hacer señales, y ahora, contra viento y marea —una expresión que aquí significa «utilizando un tenedor, unas cuantas cucharaditas de crema de espinacas, una patata pequeña, un cangrejo vivo y unos zapatos ruidosos»— iba a inventar un aparato para fabricar grapas.

Los tres hermanos se pusieron los zapatos y, siguiendo las instrucciones de Violet, entraron en la casucha. Como siempre, los diminutos cangrejos campaban a sus anchas, aprovechando que estaban solos en la casucha y que nadie los asustaba con los sonidos ruidosos. La mayoría de las veces, los Baudelaire entraban pisando fuerte en la casucha y los cangrejos salían disparados para meterse bajo las balas de paja o en otros escondrijos de la habitación. Sin embargo, esa vez, Violet les indicó a sus hermanos que pisaran el suelo de forma cuidadosa y específica, para arrinconar al cangrejo más bravucón y con las pinzas más grandes. Mientras el resto de cangrejos se desperdigaban, ese cangrejo quedó atrapado en un rincón, asustado de los zapatos ruidosos pero sin lugar donde esconderse de ellos.

—¡Buen trabajo! —exclamó Violet—. Mantenlo en el rincón, Sunny, mientras preparo la patata.

—¿Para qué es la patata? —preguntó Klaus.

—Según sabemos —explicó Violet mientras Sunny golpeaba sus piececitos aquí y allá para mantener al cangrejo arrinconado—, a estos cangrejos les encanta pellizcarnos los dedos de los pies con sus pinzas. Por eso he robado una patata con forma de dedo del pie. Veréis que está curvada y que tiene forma oval y ¿veis esta parte de aquí que sobresale y que parece una uña del pie?

—Tienes razón —admitió Klaus—. El parecido es notable. Pero ¿qué tiene que ver eso con las grapas?

—Bueno, las varillas metálicas que Nerón nos dio son muy largas y necesitamos cortarlas para que sean más pequeñas, del tamaño de las grapas. Mientras Sunny mantiene arrinconado al cangrejo, yo le mostraré la patata. A él o a ella, porque ahora que lo pienso no sé cómo distinguir a un cangrejo macho de un cangrejo hembra.

—Es macho —dijo Klaus—. Créeme.

—Bueno, él creerá que es un dedo del pie —prosiguió Violet— y lo pellizcará con las pinzas. En ese instante, yo tiraré de la patata y pondré una varilla en su lugar. Si lo hago con el cuidado necesario, el cangrejo hará un perfecto trabajo cortándola.

—¿Y luego? —preguntó Klaus.

—Lo primero es lo primero —contestó Violet con firmeza—. Está bien, Sunny, sigue dando golpes con los zapatos ruidosos. Tengo lista la patata y la varilla número uno.

—¿Qué puedo hacer yo? —preguntó Klaus.

—Puedes empezar a estudiar para el examen de todas las materias, claro está —respondió Violet—. Yo no podría leer todas las notas de Duncan en una sola noche. Mientras Sunny y yo fabricamos las grapas, tú tienes que leer los cuadernos de Duncan y de Isadora, memorizar las medidas de la clase de la señora Bass y repetirme todas las historias del señor Rémora.

—Roger —respondió Klaus. Como seguramente ya sabréis, el Baudelaire mediano no se estaba refiriendo a nadie llamado Roger. Utilizaba el nombre de un hombre para expresar que había entendido lo que Violet decía y que actuaría en consecuencia, y, durante el transcurso de las dos horas siguientes, eso fue exactamente lo que hizo. Mientras Sunny utilizaba los zapatos ruidosos para mantener al cangrejo arrinconado y Violet utilizaba la patata como el dedo del pie y las pinzas de cangrejo como afiladas tenazas, Klaus leía los cuadernos de los Quagmire para estudiar para los exámenes y todo salió como estaba planeado. Sunny hacía tanto ruido con los zapatos que el cangrejo seguía acorralado. Violet era tan rápida con la patata y las varillas metálicas que pronto adoptaron el tamaño de las grapas. Y Klaus —aunque tenía que entrecerrar los ojos porque Duncan estaba utilizando sus gafas— leía las notas sobre medidas de Isadora con tanta concentración que en poco tiempo había memorizado la longitud, la anchura y la profundidad de casi todo.

—Violet, pregúntame cuánto mide una bufanda de color azul marino —dijo Klaus mientras ponía el cuaderno boca abajo para no poder mirar.

Violet apartó la patata justo a tiempo y los cangrejos cortaron otra varilla de metal.

—¿Cuánto mide una bufanda de color azul marino?

—Dos decímetros de largo —recitó Klaus—, nueve centímetros de ancho y cuatro milímetros de grosor. Es aburrido, pero concreto. Sunny, pregúntame cuánto mide una barra de desodorante.

El cangrejo vio la oportunidad de escapar del rincón, pero Sunny era demasiado rápida para él.

—¿*Barra*? —le preguntó Sunny a Klaus, mientras golpeaba el suelo con sus piececitos hasta que el cangrejo se retiró.

—Ocho centímetros de ancho por ocho de largo —dijo Klaus sin tardanza—. Esa es fácil. Vosotras dos lo estáis haciendo de maravilla. Apuesto a que ese cangrejo acabará casi tan cansado como nosotros.

–No –dijo Violet–, ya ha terminado. Déjalo marchar, Sunny. Ya tenemos todas las varillas del tamaño de las grapas que necesitamos. Me alegro de que esta parte del proceso de fabricación haya terminado. Desquicia los nervios engañar a un cangrejo.

–Y ahora ¿qué? –preguntó Klaus mientras el cangrejo salía disparado para alejarse del momento más aterrador de su vida.

–Ahora me repetirás las historias del señor Rémora –dijo Violet–, mientras Sunny y yo le damos a estos trozos de metal la forma correcta.

–*Chablo* –dijo Sunny, que significaba algo así como «¿Cómo vamos a hacer eso?».

–Mira –dijo Violet, y Sunny miró. Mientras Klaus cerraba el cuaderno negro de Isadora y empezaba a hojear el cuaderno de color verde oscuro de Duncan, Violet cogió el montoncito de crema de espinacas y lo mezcló con un par de briznas de paja y polvo hasta convertirlo en una pasta pegajosa y pringosa. Luego colocó la pasta sobre el puntiagudo extremo del tenedor y lo clavó en una de las balas de paja de tal forma que el mango del tenedor quedara de lado y al aire. Sopló la pasta de crema de espinaca, paja y polvo hasta que se endureció.

—Siempre he creído que la crema de espinacas de la Prufrock era terriblemente pegajosa —explicó Violet—, entonces me di cuenta de que podría servir como pegamento. Y, ahora, tenemos un método perfecto para convertir esas pequeñas tiras en grapas. Veréis, si pongo una tira sobre el mango tenedor, una pequeña parte de cada tira queda al aire por ambos lados. Esas son las partes que irán dentro del papel cuando sea una grapa. Si me quito los zapatos ruidosos —y en ese momento Violet hizo una pausa para quitarse los zapatos ruidosos— y uso la parte metálica para golpear las tiras, se doblarán sobre el mango del tenedor y se convertirán en grapas. ¿Veis?

—¡*Gyba!* —chilló Sunny. Quiso decir: «¡Eres un genio! Pero ¿qué puedo hacer yo para ayudar?».

—Puedes dejarte puestos los zapatos ruidosos —respondió Violet— y mantener a los cangrejos alejados de nosotros. Y Klaus, tú empieza a resumir las historias.

—*Roger* —respondió Sunny.

—Roger —respondió Klaus y, una vez más, ninguno de los dos se refería a Roger. Lo que querían decir, una vez más, era que habían entendido la instrucción que Violet les había dado y que actuarían en consecuencia y los tres Baudelaire actuaron en consecuencia, durante el resto de la noche. Violet golpeaba las tiras de metal, Klaus leía en voz alta el cuaderno de Duncan y Sunny daba golpes con sus zapatos ruidosos. Pronto, los Baudelaire habían acumulado un montón de grapas de fabricación casera en el suelo, los detalles de las historias del señor Rémora en su cerebro, y ni un solo cangrejo los había molestado en la casucha; e incluso con la amenaza del entrenador Gengis cerniéndose sobre ellos, la noche empezaba a ser bastante agradable. A los Baudelaire les recordó las noches que pasaban, cuando sus padres estaban vivos, en uno de los salones de la mansión de los Baudelaire. Violet solía hacerle pequeños ajustes a algún invento de los suyos, mientras Klaus leía y compartía la información que estaba aprendiendo, y Sunny se dedicaba a emitir sonoros ruidos. Claro está que Violet nunca le hacía pequeños arreglos a un invento que fuera a salvarles la vida, Klaus nunca leía nada que fuera tan aburrido, ni Sunny emitía sonoros ruidos para asustar cangrejos. Sin embargo, a medida que pasaba la noche, los Baudelaire se sentían casi como en casa en la Casucha de los Huérfanos. Y cuando el cielo empezó a iluminarse con los primeros rayos del alba, los Baudelaire empezaron a sentir un estremecimiento distinto del que provoca estar disfrazado. Era un estremecimiento que yo jamás he sentido y era un estremecimiento que los Baudelaire no solían sentir. Pero a medida que el sol de la mañana empezaba a brillar, los huérfanos Baudelaire sintieron el estremecimiento de pensar que su plan había funcionado después de todo y que tal vez, al final, podrían llegar a estar tan seguros y felices como en las noches que recordaban.

CAPÍTULO
Doce

Suponer cosas es algo peligroso y, al igual que
todas las cosas peligrosas que se pueden hacer
—como las bombas, por ejemplo, o la tarta de
fresas—, si cometes aunque sea el más mínimo
error, puedes meterte en un buen lío. Suponer
algo significa simplemente creer que las cosas
son de una cierta forma con muy pocas pruebas
—o ninguna— que demuestren que eso es así.
Ahora mismo veréis que esto puede causar problemas terribles. Por ejemplo, puede que una
mañana os levantéis y supongáis que vuestra
cama está en el mismo lugar de siempre, aunque

no tengáis verdaderas pruebas de que sea así. Pero, al salir de la cama, puede que descubráis que se ha ido flotando por el mar y que ahora estáis en un buen lío, todo por la suposición incorrecta que habéis hecho. Habréis visto que es mejor no suponer muchas cosas, sobre todo por las mañanas.

Sin embargo, la mañana de los exámenes de todas las materias, los huérfanos Baudelaire estaban tan cansados —no solo por haber permanecido despiertos toda la noche estudiando y fabricando grapas, sino por las nueve noches consecutivas de vueltas— que habían supuesto muchas cosas y todas ellas resultaron ser incorrectas.

—Bueno, esta es la última grapa —dijo Violet mientras estiraba sus cansados músculos—. Creo que podemos suponer con certeza que Sunny no perderá su empleo.

—Y al parecer tú te sabes todos los detalles de las historias del señor Rémora, así como yo me sé todas las medidas de la señora Bass —dijo Klaus, mientras se frotaba los cansados ojos—, así que creo que podemos suponer con certeza que no nos expulsarán.

—*Nilikó* —dijo Sunny, bostezando con su cansada boca. Quiso decir algo como: «Y no hemos visto a ninguno de los trillizos Quagmire, así que creo que podemos suponer con certeza que su parte del plan ha salido bien».

—Eso es cierto —corroboró Klaus—. Supongo que si los hubieran cogido, a estas alturas ya lo sabríamos.

—Yo supondría lo mismo —dijo Violet.

—*Yo supondría lo mismo* —repitió una voz desagradable y burlona, y los niños se sobresaltaron al ver al subdirector Nerón de pie, detrás de ellos, con una enorme pila de papeles en las manos. Además de las suposiciones que habían hecho en voz alta, los Baudelaire habían supuesto que estaban solos y se sorprendieron al descubrir allí no solo al subdirector Nerón, sino también al señor Rémora y a la señora Bass, esperando en la puerta de la Casucha de los Huérfanos.

—Espero que hayáis estado estudiando toda la

noche –dijo Nerón–, porque les he dicho a vuestros profesores que os pongan unos exámenes superdifíciles y los papeles que el bebé tiene que grapar son muy gruesos. Bueno, empecemos. El señor Rémora y la señora Bass se turnarán para haceros preguntas hasta que uno de vosotros conteste mal, y entonces suspenderéis. Sunny se sentará en el fondo y grapará estos papeles, en grupos de cinco hojas cada uno, y si vuestras grapas de fabricación casera no funcionan a la perfección, entonces suspenderéis. Bien, un genio musical como yo no tiene todo el día para supervisar estos exámenes. Ya he desperdiciado mucho tiempo de prácticas hasta ahora. ¡Empecemos!

Nerón arrojó un gran montón de papeles sobre una de las balas de paja y la grapadora justo detrás. Sunny gateó lo más rápido que pudo y empezó a introducir las grapas en la grapadora, y Klaus se levantó, todavía con los cuadernos de los Quagmire en las manos. Violet se volvió a calzar sus zapatos ruidosos y el señor Rémora tragó un trozo de plátano e hizo su primera pregunta.

—En mi historia sobre el burro —dijo—, ¿cuántos kilómetros corre el burro?

—Nueve —dijo Violet con rapidez.

—*Nueve* —se burló Nerón—. Eso no puede estar bien, ¿verdad, señor Rémora?

—Hum... sí, en realidad, está bien —respondió el señor Rémora mientras comía otro pedazo de plátano.

—¿Cuál era la anchura —preguntó la señora Bass a Klaus— del libro con la cubierta amarilla?

—Diecinueve centímetros —dijo Klaus de inmediato.

—*Diecinueve centímetros* —se burló Nerón—. Eso es incorrecto, ¿verdad, señora Bass?

—No —admitió la señora Bass—. Es la respuesta correcta.

—Bueno, intentémoslo con otra pregunta, señor Rémora —dijo Nerón.

—En mi historia sobre el champiñón —le preguntó el señor Rémora a Violet—, ¿cómo se llamaba el cocinero?

—Maurice —respondió Violet.

—*Maurice* —se burló Nerón.

—Correcto —dijo el señor Rémora.

—¿Cuál era la longitud de la pechuga de pollo número siete? —preguntó la señora Bass.

—Catorce centímetros y quince milímetros —respondió Klaus.

—*Catorce centímetros y quince milímetros* —se burló Nerón.

—Eso es —confirmó la señora Bass—. En realidad ambos sois muy buenos estudiantes, aunque os hayáis estado durmiendo en clase últimamente.

—Basta ya de cháchara y catéenlos de una vez —exigió Nerón—. Tengo que expulsar a algún estudiante y me muero de ganas de hacerlo.

—En mi historia sobre el camión de la construcción —preguntó el señor Rémora, mientras Sunny empezaba a grapar el montón de gruesos papeles para hacer pliegos—, ¿de qué color eran las piedras que llevaba?

—Grises y marrones.

—*Grises y marrones.*

—Correcto.

—¿Cuál era la profundidad de la cazuela de mi madre?

—Seis centímetros.

—*Seis centímetros.*

—Correcto.

—En mi historia sobre la comadreja, ¿cuál era su color favorito?

Los exámenes de todas las materias siguieron sin parar, y si tuviera que repetir todas las preguntas aburridas y sin sentido que formularon el señor Rémora y la señora Bass, podríais aburriros tanto que os quedaríais dormidos enseguida y utilizaríais este libro como almohada en lugar de utilizarlo como cuento entretenido e instructivo para enriquecer vuestras jóvenes mentes. En realidad, los exámenes eran tan aburridos que los huérfanos Baudelaire se habrían dormido también durante los mismos. Pero jamás se les habría ocurrido dormirse. Una respuesta incorrecta o un papel sin grapas, y Nerón los expulsaría de la Academia Preparatoria Prufrock y los echaría a las ansiosas garras del entrenador Gengis, así que los tres niños se esforzaron tanto como pudieron. Violet intentó recordar todos los detalles que le había enseñado Klaus, Klaus intentó recordar todas las medidas que había aprendido solo y Sunny grapaba como una loca, una frase que significa «rápida y adecuadamente». Por último, el señor Rémora se detuvo cuando se estaba comiendo su octavo plátano y se volvió hacia el subdirector Nerón.

—Nerón —dijo—, es inútil seguir con estos exámenes. Violet es una niña muy aplicada y es evidente que ha estudiado mucho.

La señora Bass asintió para expresar que estaba de acuerdo.

—En todos mis años como profesora, jamás me he encontrado con un niño más inteligente para la métrica que Klaus. Y me parece que Sunny también es muy buena secretaria. ¡Mire estos pliegos! Son maravillosos.

—¡*Pilso!* —chilló Sunny.

—Mi hermana quiere decir «Muchas gracias» —dijo Violet, aunque Sunny en realidad quería decir algo más parecido a «La mano con la que grapo me duele. ¿Quiere decir eso que nos podemos quedar en la Prufrock?».

–Deje que se queden, Nerón –pidió el señor Rémora–. ¿Por qué no expulsa a esa tal Carmelita Polainas? Nunca estudia y además es una persona horrible.

–Oh, sí –dijo la señora Bass–. Vamos a ponerle a ella un examen superdifícil.

–No puedo suspender a Carmelita Polainas –dijo Nerón con impaciencia–. Es la Mensajera Especial del entrenador Gengis.

–¿Quién? –preguntó el señor Rémora?

–Ya sabe –explicó la señora Bass–. El entrenador Gengis, el nuevo profesor de gimnasia.

–Oh, sí –afirmó el señor Rémora–. He oído hablar de él, pero no lo conozco. ¿Cómo es?

–Es el mejor profesor de gimnasia del mundo –sostuvo el subdirector Nerón, agitando sus cuatro trenzas, maravillado–. Pero no tienen por qué quedarse solo con mi opinión. Pueden verlo con sus propios ojos. Ya llega.

Nerón dirigió una de sus peludas manos hacia

el exterior de la Casucha de los Huérfanos y los huérfanos Baudelaire vieron con horror que el subdirector Nerón decía la verdad. Silbando para sí una irritante melodía, el entrenador Gengis se dirigía directamente hacia ellos, y los niños entendieron de inmediato lo incorrecta que había sido una de sus suposiciones. No fue la suposición de que Sunny no perdería su trabajo, aunque esa suposición también resultaría incorrecta. Ni tampoco fue la suposición de que Violet y Klaus no serían expulsados, aunque esa también sería incorrecta. Fue la suposición sobre los trillizos Quagmire y que su parte del plan saliera bien. A medida que el entrenador Gengis se iba acercando cada vez más, los Baudelaire vieron que llevaba el lazo del pelo de Violet en una de sus esmirriadas manos y las gafas de Klaus en la otra, y a cada paso que daba con sus carísimas zapatillas de deporte, el entrenador levantaba una nube de polvo blanco y los niños se dieron cuenta de que debía proceder de la harina del saco robado. Pero más importante que el lazo, las gafas o

las pequeñas nubes blancas de harina era la mirada de Gengis. Cuando el entrenador Gengis
llegó a la Casucha de los Huérfanos, sus ojos brillaban por el triunfo, como si finalmente hubiera
ganado la partida que llevaba jugando desde hacía mucho, muchísimo tiempo, y los huérfanos
Baudelaire se dieron cuenta de que la suposición
sobre los trillizos Quagmire había resultado muy,
pero que muy errónea.

Trece

−¿Dónde están? −gritó Violet en el momento en que el entrenador Gengis entró en la casucha−. ¿Qué ha hecho con ellos? −Por lo general, claro está, uno debería empezar las conversaciones con algo más parecido a «Hola, ¿qué tal?», pero la mayor de los Baudelaire estaba muy inquieta para hacerlo así.

A Gengis le brillaban los ojos como nunca, pero su voz era calmada y agradable.

−Aquí están −dijo, sujetando el lazo y las gafas−. Pensé que podríais estar preocupados por ellos, así que os los he traído a primera hora de la mañana.

−¡No nos referimos a *estos* ellos!

–Me temo que no entiendo eso de «estos ellos» –dijo el entrenador Gengis, encogiéndose de hombros en dirección a los adultos–. Los huérfanos estuvieron dando vueltas anoche como parte de mi programa PHUPA, pero tuvieron que irse pitando para examinarse. Con las prisas, a Violet se le cayó el lazo, y a Klaus, las gafas. Pero el bebé...

–Sabe muy bien que no ha sido eso lo que ha ocurrido –lo interrumpió Violet–. ¿Dónde están los trillizos Quagmire? ¿Qué ha hecho con nuestros amigos?

–*¿Qué ha hecho con nuestros amigos?* –repitió el subdirector Nerón con tono burlón–. Dejad de decir tonterías, huérfanos.

–Me temo que no es una tontería –dijo Gengis, sacudiendo su cabeza cubierta con el turbante y continuando con su historia–. Como estaba diciendo antes de que la niñita me interrumpiese, el bebé no salió pitando con los huérfanos. Se quedó sentado como un saco de harina. Así que me acerqué a ella y le di una patada para que se moviese.

—¡Excelente idea! —dijo Nerón—. ¡Es una historia maravillosa! Y entonces, ¿qué ocurrió?

—Bueno, al principio fue como si le hubiera hecho un gran agujero al bebé al patearlo —dijo Gengis, con los ojos brillantes—, lo que me pareció una suerte, porque Sunny era una deportista terrible y hubiera sido una bendición conseguir que dejase de sufrir.

Nerón aplaudió.

—Entiendo perfectamente lo que dice, Gengis —dijo—. También es una secretaria terrible.

—Pero ¡si ha grapado todos esos papeles! —protestó el señor Rémora.

—Cierre el pico y deje que el entrenador termine su historia —ordenó Nerón.

—Pero cuando miré hacia abajo —prosiguió Gengis—, vi que no le había hecho un agujero a un bebé. ¡Le había hecho un agujero a un saco de harina! ¡Me habían engañado!

—¡Eso es horrible! —gritó Nerón.

—Así que corrí tras Violet y Klaus —prosiguió Gengis— y descubrí que no eran ni Violet ni Klaus, sino que eran esos otros dos huérfanos... los mellizos.

—¡No son mellizos! —chilló Violet—. ¡Son trillizos!

—¡*Son trillizos!* —se burló Nerón—. No seas idiota. Los trillizos son cuatro bebés nacidos al mismo tiempo y ellos son solo dos Quagmire.

—Y esos dos Quagmire fingían ser los Baudelaire para que tuvieran más tiempo de estudiar.

—¿Más tiempo de estudiar? —preguntó Nerón, sonriendo de placer—. ¡Ji, ji, ji! ¡Pues eso es hacer trampas!

—¡Eso no es hacer trampas! —dijo la señora Bass.

—Saltarse la clase de gimnasia para estudiar es hacer trampas —insistió Nerón.

—No, solo es aprovechar bien el tiempo —argumentó el señor Rémora—. El deporte no tiene nada de malo, pero no debería interferir en el rendimiento escolar.

—Mire, yo soy el subdirector —dijo el subdirector—. Yo digo que los Baudelaire han hecho trampas y por tanto... ¡hurra!, puedo expulsarlos. Ustedes no son más que dos meros profesores, así que si están en desacuerdo conmigo, puedo expulsarlos a ustedes también.

El señor Rémora miró a la señora Bass y ambos se encogieron de hombros.

—Usted manda, Nerón —dijo por fin el señor Rémora, sacando otro plátano del bolsillo—. Si dice que están expulsados, expulsados están.

—Bueno, pues digo que están expulsados —dijo Nerón—. ¡Y además, Sunny pierde su empleo!

—*Rantau* —chilló Sunny, que significaba algo parecido a: «¡De todas formas, nunca quise ese puesto de secretaria!».

—Nos da igual que nos expulsen —dijo Violet—. Queremos saber qué les ha ocurrido a nuestros amigos.

—Bueno, los Quagmire han tenido que ser castigados por participar en la trampa —dijo el entrenador Gengis—, así que los he llevado a la cafetería y los he dejado al cargo de esos dos trabajadores. Estarán batiendo huevos todo el día.

—Muy sensato —confirmó Nerón.

—¿Solo tendrán que hacer eso? —preguntó Klaus con tono de sospecha—. ¿Batir huevos?

—Eso es lo que he dicho —confirmó Gengis y se acercó tanto a los Baudelaire que pudieron ver sus ojos brillantes y la torcida curva de su malvada boca—. Esos dos Quagmire batirán y batirán hasta que queden abatidos.

—Es un mentiroso —acusó Violet.

—Has insultado a tu entrenador —dijo Nerón, sacudiendo su cabeza llena de trenzas—. Ahora estás doblemente expulsada.

—Pero ¿qué es esto? —dijo una voz desde la entrada—. ¿Doblemente expulsada?

La voz se calló para expeler una prolongada y húmeda tos, así que los Baudelaire supieron sin mirar que se trataba del señor Poe. Estaba en la Casucha de los Huérfanos con una gran bolsa de papel y con cara de ocupado y confundido.

—¿Qué están haciendo todos aquí? —preguntó—. No parece un lugar muy adecuado para sostener una conversación. No es más que una vieja casucha.

—¿Qué está haciendo usted aquí? —preguntó Nerón—. Los extraños tienen prohibida la entrada en la Academia Preparatoria Prufrock.

—Me llamo Poe —dijo el señor Poe, y estrechó la mano de Nerón—. Usted debe de ser Nerón. Hablamos por teléfono. Recibí su telegrama sobre las veintiocho bolsas de caramelos y los diez pares de pendientes de piedras preciosas. Mis socios de la Administración de Cuenta de Monedas pensaron que sería mejor entregarlo en persona, así que aquí estoy. Pero ¿qué es eso de la expulsión?

—Estos huérfanos que me endilgó —dijo Nerón, utilizando una palabra horrible para decir «entregar»— han demostrado ser unos tramposos horribles y por eso me veo obligado a expulsarlos.

—¿Tramposos? —preguntó el señor Poe, frunciendo el entrecejo, al tiempo que miraba a los tres hermanos—. Violet, Klaus, Sunny, me habéis decepcionado. Me prometisteis que seríais unos estudiantes excelentes.

—Bueno, en realidad solo Violet y Klaus eran estudiantes —dijo Nerón—. Sunny era ayudante administrativa, pero también era horrible.

El señor Poe abrió los ojos de par en par, sorprendido, mientras dejaba de toser con su pañuelo blanco en la boca.

—¿Ayudante administrativa? —repitió—. Pero si Sunny es solo un bebé. Tendría que estar en preescolar, no en una oficina.

—Bueno, ahora ya da igual —dijo Nerón—. Están expulsados, deme los caramelos.

Klaus se miró las manos, en las que todavía sostenía los cuadernos de los Quagmire. Tuvo miedo de que los cuadernos fueran la única cosa de los Quagmire que volviera a ver en su vida.

—¡No tenemos tiempo para discutir sobre caramelos! —gritó—. ¡El Conde Olaf les ha hecho algo terrible a nuestros amigos!

—¿El Conde Olaf? —preguntó el señor Poe al

tiempo que le pasaba la bolsa de papel a Nerón–.
¡No me digas que os ha encontrado aquí!

–No, claro que no –negó Nerón–. Mi moderno sistema informático lo ha mantenido alejado,
por supuesto. Pero los niños tienen la estrafalaria
idea de que el entrenador Gengis es en realidad
el Conde Olaf disfrazado.

–Conde Olaf –dijo Gengis con lentitud–. Sí,
he oído hablar de él. Se supone que es el mejor
actor del mundo. Yo soy el mejor profesor de
gimnasia del mundo, así que es imposible que
seamos la misma persona.

El señor Poe miró al entrenador Gengis de
arriba abajo; luego le estrechó la mano.

–Encantado de conocerle –dijo, y luego se
volvió hacia los Baudelaire–. Niños, me habéis
sorprendido. Incluso sin la ayuda del moderno
sistema informático tendríais que ser capaces
de saber que este hombre no es el Conde Olaf.
Olaf solo tiene una ceja, y este hombre lleva
turbante. Y Olaf tiene tatuado un ojo en el
tobillo, y este hombre lleva unas carísimas za-

patillas de deporte. Son bastante bonitas, por cierto.

—Oh, gracias —dijo el entrenador Gengis—. Por desgracia, por culpa de estos niños se han llenado de harina, pero estoy seguro de que se quitará al lavarlas.

—Si se quita el turbante y las zapatillas —dijo Violet con impaciencia—, podrá ver que es Olaf.

—Ya hemos pasado por esto antes —protestó Nerón—. No puede quitarse las zapatillas de deporte porque ha estado haciendo gimnasia y le huelen los pies.

—No puedo quitarme el turbante por motivos religiosos —añadió Gengis.

—¡No lleva turbante por motivos religiosos! —exclamó Klaus disgustado y Sunny chilló para corroborarlo—. Lleva un turbante como parte de su disfraz. Por favor, señor Poe, ¡haga que se lo quite!

—Ya está bien, Klaus —dijo el señor Poe con severidad—. Tienes que aprender a aceptar otras culturas. Lo siento, entrenador Gengis. Los niños no suelen tener prejuicios.

—No pasa nada —dijo Gengis—. Estoy bastante acostumbrado a la persecución religiosa.

—Sin embargo —prosiguió Poe, después de un breve ataque de tos—, sí le pediré que se quite las zapatillas para que los Baudelaire se queden tranquilos. Creo que todos podemos soportar un poco de peste si es por el bien de la justicia.

—Pies apestosos —dijo la señora Bass, arrugando la nariz—. ¡Puaj!, es asqueroso.

—Me temo que no me puedo quitar las zapatillas —dijo el entrenador Gengis, dando un paso hacia la puerta—. Las necesito.

—¿Las necesita? —preguntó Nerón—. ¿Para qué?

El entrenador dedicó una larga, larguísima mirada a los Baudelaire y sonrió de forma horrible, enseñando los dientes.

—Para correr, por supuesto —respondió, y salió pitando por la puerta.

Los huérfanos se quedaron sorprendidos durante un rato, no solo porque había empezado a correr de repente, sino también porque daba la impresión de que se había rendido demasiado pronto. Después de su largo y elaborado plan de disfrazarse de profesor de gimnasia, de obligar a los Baudelaire a dar vueltas, de conseguir que los expulsaran, había salido corriendo de pronto por el patio sin ni siquiera mirar a los niños que había perseguido durante tanto tiempo. Los Baudelaire salieron de la Casucha de los Huérfanos y el entrenador Gengis se volvió para burlarse de ellos.

—¡No creáis que he acabado con vosotros, huérfanos! —les gritó—. Pero, mientras tanto, tengo a dos pequeños prisioneros que poseen una fortuna muy apetitosa.

Empezó a correr de nuevo, pero no sin antes señalar con un huesudo dedo hacia el patio. Los Baudelaire soltaron un grito ahogado. Al fondo de la Prufrock vieron un alargado y negro coche que arrojaba un humo negro por sus agotados tubos de escape. Pero los niños no gritaron por la contaminación. Los dos trabajadores de la cafetería se dirigían hacia el coche y al final se habían quitado las máscaras metálicas, y los tres niños

vieron que eran las dos mujeres de cara empolvada compinches del Conde Olaf. Pero tampoco
fue eso lo que hizo gritar a los niños, aunque era
un acontecimiento sorprendente e inquietante.
La razón de sus gritos era lo que las mujeres llevaban hacia el coche. Cada una de las mujeres
empolvadas llevaba bajo el brazo a uno de los trillizos Quagmire, que luchaban con desesperación por escapar.

—¡Ponedlos en el asiento trasero! —gritó Gengis—. ¡Yo conduciré! ¡Deprisa!

—¿Qué diantre está haciendo el entrenador
Gengis con esos niños? —preguntó el señor Poe,
frunciendo el entrecejo.

Los Baudelaire ni siquiera se volvieron hacia
el señor Poe para intentar explicárselo. Después
de todas sus sesiones de PHUPA, Violet, Klaus y
Sunny descubrieron que sus músculos podían
responder al instante si deseaban correr. Y los
huérfanos Baudelaire jamás habían deseado correr con tantas ganas como en ese momento.

—¡A por ellos! —gritó Violet, y los niños los

persiguieron. Violet corrió; el pelo le ondeaba al viento. Klaus corrió, y ni siquiera se molestó en soltar los cuadernos de los Quagmire. Y Sunny gateó con toda la rapidez que le permitían sus piernas y manos. El señor Poe soltó una tos sorprendida y empezó a correr tras ellos, y Nerón, el señor Rémora y la señora Bass empezaron a correr tras el señor Poe. Si hubierais estado escondidos tras el arco, espiando lo que ocurría, habríais visto lo que parecía una extraña carrera en el patio frontal entre los huérfanos Baudelaire y justo detrás un variado grupo de adultos enfurruñados y resoplando. Pero si hubierais continuado mirando, habríais presenciado el emocionante desarrollo de la carrera, una frase que aquí significa que los Baudelaire alcanzaron a Gengis. El entrenador tenía las piernas mucho más largas que los Baudelaire, por supuesto, pero había pasado las diez últimas noches tocando un silbato. Los niños habían pasado esas noches dando cientos de vueltas a la carrera en torno al círculo fluorescente, y por eso sus diminutas y fuertes piernas —y, en el caso de Sunny, sus brazos— compensaban la ventaja que les llevaba Gengis por su estatura.

Odio detenerme en una parte tan emocionante de la historia, pero siento que debo inmiscuirme para haceros una última advertencia antes de llegar al final de este desdichado relato. Seguramente, mientras leíais, estaríais pensando que los niños alcanzarían a su enemigo, que tal vez esta fuera la ocasión en que, en la vida de los huérfanos Baudelaire, ese terrible villano fuera atrapado por fin y que tal vez los niños encontrarían a unos tutores, y que Violet, Klaus y Sunny pasarían el resto de sus vidas con relativa felicidad, posiblemente tras abrir la imprenta de la que habían hablado con los Quagmire. Y sois libres de pensar que así acaba la historia, si queréis. Los últimos acontecimientos de este capítulo de la vida de los huérfanos Baudelaire son increíblemente desafortunados y son bastante aterradores, así que, si preferís ignorarlos, podéis soltar este libro ahora mismo e imaginar un final feliz para esta espantosa historia. He hecho la solemne promesa de escribir el relato de los Baudelaire tal y como ocurrió, pero vosotros no habéis hecho esa promesa —al menos, así me consta— y no tenéis que soportar el espantoso final de esta historia, así que esta es vuestra última oportunidad de ahorraros la atroz lectura de lo que sucedió a continuación.

Violet fue la primera que alcanzó al entrenador Gengis y alargó el brazo todo lo que pudo para asir una parte del turbante. Los turbantes, como seguramente sabréis, están formados por una pieza de tela enrollada con fuerza y de forma muy compleja en la cabeza de alguien. Pero Gengis era un estafador, porque no conocía la forma correcta de enrollarse el turbante y porque lo llevaba como disfraz y no por motivos religiosos. No había hecho más que envolvérselo en la cabeza como quien se enrolla una toalla al salir de la ducha, así que cuando Violet agarró el turbante, se desenrolló de inmediato. Ella tenía la esperanza de que al agarrar el turbante detendría la carrera del entrenador, pero lo único que pasó fue que se quedó con un trozo de tela en las manos. El entrenador Gengis siguió corriendo, con su única ceja brillando por el sudor sobre los ojos vidriosos.

—¡Miren! —dijo el señor Poe, que estaba mucho más lejos que los Baudelaire, pero lo bastante cerca para verlo—. ¡Gengis tiene una sola ceja, como el Conde Olaf!

Sunny fue la siguiente Baudelaire que alcanzó a Gengis y, como iba gateando por el suelo, estaba en la posición perfecta para atacar sus zapatillas. Con sus cuatro dientes puntiagudos, mordió uno de los pares de cordones y luego el otro. Los nudos se deshicieron de inmediato y dejaron pequeños trocitos de cordón mordido sobre el césped marrón. Sunny tenía la esperanza de que, al desatarle los cordones, el entrenador tropezara, pero Gengis se quitó las zapatillas y siguió corriendo. Al igual que mucha gente desagradable, el entrenador Gengis no llevaba calcetines, así que con cada paso que daba, el tatuaje del ojo brillaba por el sudor en su tobillo izquierdo.

—¡Miren! —dijo el señor Poe, que seguía estando demasiado lejos para ayudar, pero lo bastante cerca para ver—. Gengis tiene un ojo tatuado, ¡como el Conde Olaf! En realidad, creo que él es el Conde Olaf.

—¡Por supuesto que lo es! —gritó Violet, alzando el turbante desatado.

—¡*Merd!* —chilló Sunny, levantando un trocito de cordón. Quiso decir algo así como: «Eso es lo que he estado intentando deciros».

Sin embargo, Klaus no dijo nada. Invertía toda su energía en correr, pero no corría hacia el hombre al que por fin podría llamar por su verdadero nombre: el Conde Olaf. Klaus corría hacia el coche. Las mujeres de cara empolvada estaban metiendo a los Quagmire en el asiento trasero, y Klaus supo que podría ser la última oportunidad de rescatarlos.

—¡Klaus! ¡Klaus! —gritó Isadora en el momento en que llegaba al coche. Klaus tiró los cuadernos al suelo y cogió la mano de su amiga—. ¡Ayúdanos!

—¡Aguanta! —gritó Klaus y empezó a tirar de Isadora para sacarla del coche. Sin decir ni una palabra, una de las mujeres de cara empolvada se inclinó hacia delante y le mordió la mano a Klaus para obligarlo a soltar a la trilliza. La otra mujer de cara empolvada se inclinó sobre el regazo de Isadora y empezó a tirar de la puerta del coche para cerrarla.

—¡No! —dijo Klaus, y tiró de la manilla de la puerta. Klaus y la ayudante de Olaf tiraban de la puerta hacia delante y hacia atrás, manteniéndola entreabierta.

—¡Klaus! —gritó Duncan, desde detrás de Isadora—. Escúchame, Klaus. Si algo sale mal...

—Nada saldrá mal —prometió Klaus, tirando de la puerta del coche con todas sus fuerzas—. ¡Os sacaremos de ahí en un segundo!

—Si algo sale mal —volvió a decir Duncan—, hay una cosa que tenéis que saber. Cuando estábamos investigando sobre la historia del Conde Olaf, ¡descubrimos algo espantoso!

—Podemos hablar de eso más tarde —dijo Klaus, forcejeando con la puerta.

—¡Mira en los cuadernos! —gritó Isadora—. El...
—La primera mujer empolvada le tapó la boca
con la mano para que no pudiera hablar. Isadora
movió la cabeza con brusquedad y se zafó de la
mujer—. El... —La mujer empolvada volvió a ta-
parle la boca.

—¡Aguanta! —gritó Klaus con desesperación—.
¡Aguanta!

—¡Mira en los cuadernos! ¡V.B.F.! —gritó Duncan, pero la otra mujer empolvada le tapó la boca
antes de que pudiera seguir hablando.

—¿Qué? —preguntó Klaus.

Duncan sacudió la cabeza con fuerza y se libe-
ró de la mano de la mujer durante un segundo.

—¡V.B.F.! —logró volver a gritar, y eso fue lo último que Klaus escuchó. El Conde Olaf, que corría más despacio sin zapatillas, había llegado al
vehículo y, con un gruñido ensordecedor, cogió
la mano de Klaus y la soltó de la puerta del coche. Cuando la puerta se cerró de golpe, Olaf
golpeó a Klaus en el estómago y lo mandó volan-
do al suelo. El niño aterrizó con un ruidoso *¡pum!*

cerca de los cuadernos de los Quagmire que había soltado. El malvado se puso de pie junto a Klaus y le dedicó una sonrisa enloquecida; entonces se agachó, cogió los cuadernos y se los metió bajo el brazo.

—¡No! —gritó Klaus, pero el Conde Olaf se limitó a sonreír, se sentó en el asiento delantero del coche y empezó a conducir justo en el momento en que Violet y Sunny llegaron donde estaba su hermano.

Con las manos en el vientre, Klaus se puso de pie e intentó seguir a sus hermanas, que estaban intentando perseguir el alargado y negro coche. Pero Olaf conducía por encima del límite de velocidad y era simplemente imposible alcanzarlo. Recorridos unos metros, los Baudelaire tuvieron que detenerse. Los trillizos Quagmire se tiraron sobre las mujeres empolvadas y empezaron a aporrear la ventana trasera del coche. Violet, Klaus y Sunny no podían oír lo que gritaban los Quagmire a través del cristal, solo veían sus desesperadas y aterradas caras. Pero, entonces, las manos empolvadas de las ayudantes de Olaf los cogieron y empezaron a tirar de ellos hacia dentro desde la ventana. Las caras de los trillizos se evaporaron y los Baudelaire no vieron más que un coche alejándose.

—¡Tenemos que ir tras ellos! —gritó Violet con la cara bañada en lágrimas. Se volvió hacia Nerón y el señor Poe, que se habían detenido para respirar al borde del patio—. ¡Tenemos que ir tras ellos!

—Llamaremos a la policía —dijo el señor Poe con un grito ahogado mientras se enjugaba el sudor de la frente con el pañuelo—. Ellos también tienen un moderno sistema informático. Lo atraparán. ¿Dónde está el teléfono más cercano, Nerón?

—¡No puede usar mi teléfono, Poe! —gritó Nerón—. Ha traído a tres tramposos horribles y, ahora, por su culpa, mi mejor profesor de gimnasia se ha ido y se ha llevado a dos estudiantes con él. ¡Los Baudelaire están triplemente expulsados!

—Mire, Nerón —dijo Poe—. Sea razonable.

Los Baudelaire cayeron sobre el césped marrón, gimoteando por la frustración y el cansancio. No prestaron atención a la discusión entre el subdirector Nerón y el señor Poe, porque sabían, desde la perspectiva que les daba su experiencia, que en el momento en que los adultos decidieran qué hacer, el Conde Olaf ya estaría muy lejos. Esta vez Olaf no solo había escapado, sino que había escapado con unos amigos suyos, y los Baudelaire lloraron al pensar que jamás volverían a ver a los trillizos. Se equivocaban al pensarlo, aunque no había manera de que pensaran que estaban equivocados, y el simple hecho de imaginar lo que el Conde Olaf podría hacerles a sus queridos amigos los hacía llorar con más intensidad. Violet lloraba al pensar en lo amables que habían sido los Quagmire con ella y sus hermanos cuando llegaron a esa horrible academia. Klaus lloraba al pensar cómo habían arriesgado la vida los Quagmire para ayudarlos a él y a sus hermanas a no caer en las garras del Conde Olaf.

Y Sunny lloraba al pensar en la investigación que los Quagmire habían realizado y en la información que no habían tenido tiempo de compartir con ella y sus hermanos.

Los huérfanos Baudelaire se apoyaron entre sí y lloraron y lloraron, mientras los adultos discutían sin parar detrás de ellos. Al final –y, siento decirlo, el Conde Olaf obligó a los Quagmire a disfrazarse de cachorros para meterlos en un avión sin que nadie se diera cuenta–, los Baudelaire se consolaron entre sí y se quedaron sentados en el patio, juntos y en agotado silencio. Alzaron la vista hacia los edificios con aspecto de tumba de color gris claro y al arco donde se leía «ACADEMIA PREPARATORIA PRUFROCK» con enormes letras negras y el lema «*Memento Mori*» grabado debajo. Miraron hacia el fondo del patio, donde Olaf había agarrado los cuadernos de los Quagmire, y se quedaron mirándose durante un buen rato. Los Baudelaire recordaron, como estoy seguro de que vosotros recordaréis, que en los momentos de mucha tensión uno puede sacar

fuerzas de flaqueza, o sea, encontrar la energía
oculta incluso en las partes más agotadas del
cuerpo, y Violet, Klaus y Sunny sintieron que su
energía volvía a emerger.

—¿Qué te gritó Duncan? —preguntó Violet—.
¿Qué te gritó desde el coche, sobre lo que había
en los cuadernos?

—V.B.F. —respondió Klaus—, pero no sé lo que
significa.

—*Ceju* —añadió Sunny, que significaba: «Tenemos que descubrirlo».

Los Baudelaire mayores miraron a su hermana pequeña y asintieron. Sunny tenía razón. Los
niños tenían que descubrir el secreto del V.B.F. y
la espantosa cosa que habían descubierto los
Quagmire. Tal vez eso pudiera ayudarlos a resca-
tar a los dos trillizos. Tal vez pudiera llevar al
Conde Olaf a los tribunales. Y tal vez pudiera de
algún modo aclarar la forma misteriosa y letal en
que su vida se había convertido en algo tan desdichado.

Una brisa matutina sopló en los terrenos de la

Academia Preparatoria Prufrock, lo cual hizo susurrar el césped marrón y golpeó el arco de piedra con el lema que tenía inscrito, «*Memento Mori*», «Recuerda que morirás». Los huérfanos Baudelaire miraron el lema y juraron que antes de morir resolverían ese oscuro y complejo misterio que proyectaba una sombra sobre sus vidas.

LEMONY SNICKET estudió primero en colegios privados y con tutores particulares, y más tarde lo hizo al revés. Lo han aclamado como brillante académico y desacreditado como deslumbrante fraude, y lo han confundido con un hombre mucho más alto en varias ocasiones. En la actualidad, el señor Snicket dedica por completo sus facultades a la investigación de la difícil situación de los huérfanos Baudelaire, cuyos resultados están siendo publicados por Montena.

BRETT HELQUIST nació en Ganado, Arizona; creció en Orem, Utah, y actualmente vive en la ciudad de Nueva York. Obtuvo una licenciatura en Filosofía y Letras en la Brigham Young University y ha trabajado desde entonces como ilustrador. Sus trabajos han aparecido en numerosas publicaciones, entre las que se cuentan la revista *Cricket* y *The New York Times*.

A mi amable editor:

Por favor, disculpa que utilice este papel tan ridículo y cursi. Te escribo desde el número 667 de la avenida Oscura y este es el único papel disponible en el barrio. Mi investigación sobre la estancia de los huérfanos Baudelaire en este rico y espantoso lugar ha llegado a su punto final; solo espero que el manuscrito llegue a tus manos.

No el martes que viene, sino el martes siguiente, compra un billete de primera clase de ida para el antepenúltimo tren que sale de la ciudad. En lugar de subir al tren, espera hasta que salga y salta a las vías para recoger el resumen completo de mi investigación, titulada EL ASCENSOR ARTIFICIOSO, así como una de las corbatas de Jerome, una pequeña fotografía de Veblen Hall, una botella de refresco de perejil y el abrigo del portero, para que el señor Helquist pueda ilustrar correctamente este horrible episodio de la vida de los Baudelaire.

Recuerda, tú eres mi última esperanza de que las historias de los huérfanos Baudelaire puedan ser finalmente contadas al público.

Con todos mis respetos,

Lemony Snicket

Lemony Snicket